九十一歳のエチュード

楽しかったモンテ・カルロの一夜

二宮真弓

春秋社

序

福田進一

昨秋、友人の多美さんから「うちの母、マユミンの新しいエッセイ集の序文を書いてほしい」というご依頼を受けた。いいよ〜と軽い気持ちで引き受けたのだが、どうやらその時、僕はあとがきを引き受けたと勘違いしていたらしい。再度確認したら序文だとか。それは大変。あとがきの読書感想文と違うぞ。変な先入観なぞ植えつけてはならない。なんとも責任重大。というわけで、僕の拙文、迷文を読んだだけで皆さん先を読まずして、本を閉じぬよう。勇気を振り絞りつつ、適度に手を抜いて書くことにする。

最初に友人の多美さん、と気安く書いたが、彼女は親友の一郎さん——この本で度々イチロウさんとして登場する日本を代表する現代音楽の作曲家——野平一郎さんの奥様である。この一郎さんの肩書きは他にも音楽監督やら、音大の学長やら、もう本人エラ過ぎて長過ぎて、僕も悔しいので、以下省略（ごめん）。で、その義母上が、この本の著者、二宮真弓さんである。通称、自称共にマユミン。婿殿の一郎さんと僕はパリ留学時代、同じ釜のメシを食った（正確には、貧しくして同じバゲットを分けて食べ、安ワインに酔い、時にはスパゲッティを啜りあった）仲なのだけれど、その後もずっと半世紀近くも、のんびり楽しくおつきあいさせて頂いていて、野平家の皆さまには愛情たっぷりにフクシンと呼んでいただいている。

あ、申し忘れるところでした。僕はフクシン、職業はさすらいのギター弾きです。

このフクシンが、イチロウのヨメサンのタミサンのオフクロ、マユミンのエッセイの序文を書く…　と、ここで気づいたのだけれど、全部カナ四文字だ。ポケモンみたいな感じ。で、序文っていうのではなく、今流行《はや》りの取扱説明書＝四文字「トリセツ」、いかがだろう？

そこで急遽、タイトル変えます。

トリセツ

まず、最初に断っておかねばならないが、タイトルから分かるように、これはマユミンというお婆ちゃんが書いたエッセイである。生きることの楽しみをたっぷり含んだ言葉の豊かさは、読んでいたら段々と分かるので、つべこべ言わず読むべし。

で、まず初めての読者は、二宮真弓という彼女のハイカラな名前に惑わされないように。我が愛しのマユミン、けっして女優ではないし、ましてやスーパーモデルとか流行りのユーチューバーなんかでは絶対ない。時として、名前以上に乙女な文章に誤魔化され、アイドルと勘違いし、ブロマイドなど探さぬように。

そうとう昔の話になるが、マユミンとは野平夫妻の結婚式でお会いし、御挨拶したはず。なのだが、ハッキリした記憶がない。たびたび僕の演奏会に来てくださって、そのうち自然とタミサンのオカン＝マユミンと、その存在感は高まっていった。二十一世紀に入ってからは、終演後に楽屋を訪ねて来られた彼女の前で、「あはは、さっきはスミマセン（汗）」と、僕は自動的にその本番のミスを反省し、先に謝ってしまうようになった。君はヨーダか？　マユミン、実に恐るべきフォースの使い手である。なんでも十数年前にボケ防止にと買ってもらったパソコンを、今や自在に操り、フェイスブックまでこなせるようになったらしい。が、この無敵の念力と知性を獲得するまでには、それ以前の長いキャリアが土台になっての今なのだ。そしてこのエッセイ集〜その境地に至るには、九十一年という途方もない年月がかかったのだから。

まさに「老婆は一日にして成らず」

さて、このエッセイ集、驚くべきは普通は忘れてしまう固有名詞、特に人名、出会った日時など、実に正確によくぞ覚えられるものだと感服する、著者マユミンの記憶力と観察力に脱帽。なぜ警視庁は、三億円事件などの犯罪捜査に彼女を雇わなかったのだろう。昨今のコロナ禍の中でも、マユミンは実によく海外に行かれる。副題に「モンテ・カルロの夕べ」にとあるから、たぶんその実体は婆さんの仮面を被った国際級のカジノ荒らしに違いない（嘘）。まあ、実際は可愛らしく、イチロウさんとタミさんに連れて行ってもらっているわけだが、各地で彼女が体験する様々な出会い、その喜びへの反応が素晴らしいのだ。これほど素直に喜んでもらえるのなら、僕もそのうち月か火星に連れていってあげたいとさえ思う。無理なら池袋か新宿にするけど。しかし、それにしても今どき、どこの世にウィーン・フィルのニューイヤーを聴きに、それも日本から、年越しにやって来る、九十歳がいるだろうか？（ひょっとして、マユミンってギネスもんじゃないの？）この辺りの話、もう羨ましすぎて、悶死《もんし》しそうだ。それにしても旅空の下、まるで童女のような、当然のすまし顔、かつてオードリー・ヘプバーンが演じた、あのどこかの国のお姫様のようなマイペース。

まさに「老婆の休日」

そして、読み進めると分かるのだが、マユミンは大変なグルメである。名古屋出身、持ち前の「うみゃあでいかんわ」の精神プラス、「八十歳で歯が二十本以上あって何でも噛めたで賞」を貰ったのを良いことに、タケノコ、アスパラガス、稚鮎ってあんた、

Who are you ?

ちょっと、ぜんぶワテの好物ばかりやんか。ええ加減にしいや、ヨダレ出るさかい。婆さん、モナコから帰って疲れてるんやったら、早よ寝え。松茸なんか食べんといてくれ。

これぞ「老婆の晩餐」

さて、思わず出身地の大阪弁になってしまったが、ここでちょっと態度を変えて、僕も教養のあるところを見せたいから書く。

僕がパリに着いた頃、作曲家で教育家のナディア・ブーランジェ先生が、ちょうどマユミンと同じ九十歳くらい、まだ現役で御存命だった。その彼女の本に、音楽でメシが食えるようになるには「集中力」と「記憶力」が基本にあって、まあその二つがあれば何とか音楽をやっていけるのだけど、もっと大事な推進力になるのが「好奇心」だと書

かれた一節があって、心に深く刺さった。これぞまさに先に書いたマユミンの生き様そのものでないか。

エッセイのタイトルが「九十一歳のエチュード」、おいおい、音楽用語でいうエチュードって、練習曲、スタディ、習作でしょ。ということは、つまり本番のソナタやシンフォニーはこれから書くんだよね。残りの好奇心全部使って。ほんま、このエッセイがエチュードということは次回作は大河小説かも知れん。何という余裕ありげな、タイトルだろう。

マユミンの　本質見たり　このタイトル

実は、僕にもチカちゃんという近々、九十歳を迎える母がいる。僕の還暦パーティーの時には上京し、マユミンとの仲良いツーショットが残っている。マユミンの二つ下で最近まで「九十歳となると色んな所にガタがくる」「歳や、もうあかん」という決め台詞を武器にシャンシャン歩いていた。が、ついに昨年末から腰痛が耐え難いとの、ギブアップ宣言。年明けに手術を受けた。こちらはマユミンの知性には到底及ばぬ平凡な婆さんだが、気持ちだけはしっかりしている。キツいリハビリを乗り越え、再び歩けるようになって、やりたいことはと尋ねると、やはり僕の演奏会に通いたいらしい。コロナ禍という閉塞的な状況、そのうえ戦争の脅威が迫りくる昨今。逆に、とことん人生を謳歌してやろうという幸福志向パワーは増しているのではないだろうか。マユミンも婿殿や僕たち友達の音楽を聴き続けるためなら、日々の充実度を高め、エネルギー全開で挑んでくるに違いないぞ。彼女たちの迫力たるや、

まるで「老婆騎士道」！

なにしろ「すべての道は老婆に通じる」のだから！

やはりギャグに戻ってフクシンのトリセツはこれでおしまい。

お後がよろしいようで…

（ギタリスト）

目次

PART 2　旅の日のファンタジー　いつも音楽があった

PART 4　2022年　モノローグ

PART 5 マユミン得意のヴィヴァーチッシモ

九十一歳のエチュード

楽しかったモンテ・カルロの一夜

PART 1

寄り道、どこかでテンポ・プリモ

1 「八十歳で歯が二十本以上」を顕彰！　マユミン然り！

されど、昨日、日本政府から発せられたメッセージは、すでに十年前、同じ次元で出された名古屋市のこのお褒めの言葉も、現実に九十歳まで生きちゃったマユミンには、無駄だった！

八十歳を過ぎると、体の耐用年数のオーバーらしく、歯も目もつぎつぎとお金をかけて修理が必要となっちゃった。こんな実例が、マユミンで実証されちまったのだ。長生きを否定されたみたい。アハハ！

卆寿すぎ　いよ高まる好奇心

2

主治医の
ドクターAに四肢の衰えを 枯れ尾花

ドクターの丁寧なご対応に、心から感謝。やはり人間って八十歳くらいで耐用年数がおわって、歯の衰えや目の不具合は当然のことと受け止め、予後はだましだまし老体を労《いたわ》って補修につとめ、あとに出来うる体躯の修繕でやっとこさ、細々と余命を保つのかも。まだ、頭脳がいくらか尋常な個所がのこっていて、長女の多美がアップル社のパソコンを十数年前に「呆け防止につかいなさい」と贈ってくれた。

それ以来、Facebookで記憶を呼び起こし、誰かに何の斟酌もなしに憎まれ口を言えるのも幸せというものかしら！

不幸にも、まだ子どもも成長半ばで両親の片方なりとも脳卒中や癌疾病・白血病などにおかされ、惜しまれて世を去る方にくらべれば…。

そう結論がつけば、あとは好きな編集者体験の残るままに、よしなしごとを綴る楽しみが与えられているだけでも幸せである。二十巻で打ち止めと決めていたのに、〈俳句エッセイ〉第二十一巻まで書きたくなって、現在進行中。

俳優・阿部寛さんの名言「バカとブスこそ東大に行け！」の愉快な反語表現に、まさしくその条件ぴったりのチビでブスでバカのわが身。もちろん東大には行けなかったけれど、分相応の学園が見つかって、波瀾万丈だったとはいえ、一面とっても面白くて生き甲斐もあったわが人生。もし神様がおいでになれば、「おもしろい一生でございました。どうもお計らい有難うございました」と、お礼を言いましょう！

“Grand merci DOMINE ! ”　MAYUMIN

3　お宝拝見に〈蘭奢待《らんじゃたい》〉を思ふ遠き秋

そういえば、名古屋ＹＷＣＡ鳴子もより会は、ある時期、毎秋の奈良・正倉院展には必ず赴いて、ついでに京・奈良の史跡をめぐる旅に出ていた。出展目録などの記録をかぞえたら、昭和の時代に、二十年近くも正倉院通いをしたことになる。だから、〈蘭奢《らんじゃ》待《たい》〉の出品も気がかりなのだ。時の権力者が、ちょこちょこ削ったり、切り取ったり…。

ある秋のこと。

「ニノミヤマユミさん。おいででしたら、事務室へお立ち寄りください」と放送あり。何事ならんと事務室へ行くと、友人の橋本昌子さんがもう来ていて、「二宮さん、きっと大切な展示物を壊したんじゃないかしら、と心配したのよ」だって。

うそをおっしゃい。なんかマユミンが粗相を仕出かしたんじゃないか、と面白がって駆けつけたんでしょ。残念でした。

真相はほかでもない。名前入りの分包《ぶんぽう》のお薬を一回分落としたので、親切な職員が知らせてくれたのだった。アハ・ハ！

　その頃、名古屋ＹＷＣＡ鳴子もより会では、まだ幼稚園児で、腕白な子供たちが授業が終わると、われわれの〈新潮日本古典集成〉への取り組みをよそ目に、動き回る。あげくは、『源氏物語』『平家物語』『枕草子』『方丈記』『芭蕉句集』『芭蕉文集』などの勉強を遠慮なく妨げ、ケンカがはじまるやら…。そんなこんなで、何ともはや大変だった時期を過ぎると、子供たちはいつの間にか成長を遂げ、高校生となり大学生となり、何と結婚。果ては、孫の顔を見せる事態にいたったわ。

　マユミン、ここ十年ほどエクシブ・ホテルの利用も多かった。みんな歳をとって、だんだん体の故障も多くなる。マユミンも一昨年から東京目黒区に来ることが増えて、ついに東京移住を決意。やさしいお婿さんイチロウさんと多美の身辺でお世話になることを決心したのだ。

「♬ わたくし今度の日曜日、東京の女学校へ参ります」の宿願をとげた次第。

　ずっこけマユミンのたっぷり音楽生活は、二〇二二年、ウィーン・フィル新春コンサート実現以来、「♬ 一夜さ　モンテ・カルロ」の記憶が離れないモナコ公国と、パリ近郊のヴェルサイユのホテル・トリアノン・パレスのすこぶる美味しい食事の日々を過ごした。

ヴェルサイユ宮殿から去りがたく、奇麗な乙女の御者の馬車を駆っての庭園めぐりが、またできたらなあ。

そして、多美とマユミンの、パリでの親しい友人たちとのランデ・ヴなどなど、いいとこ取りパリ旅行も、ミーナ HOPPY 社長のお母様で親友の悦子さまと、もう一度体験して、あとは心おきなく終焉を迎えるのが、マユミンの希望です。アハ・ハ！

4

曝書《ばくしょ》せしてふ　足利学校《あしかががっこう》訪ひて見たし

乾く、かわく、干く。陽の恵みを待ち望んで、故郷の母は、秋の日差しを大切に、タンスからあらゆるものを取り出し、乾かしていたのを思い出す。

あの、足利《あしかが》学校の「曝書」が、今日明日行われるという。古来、永く伝えるべき伝統の文化財を、日本人はこうして大切にしてきた。なんと、どの本も一ページ一ページずつ秋の日差しにさらすのだ。このことを、決して忘れないでほしい。

二〇二二年の世界を見回すと、もはや人間の伝統の古い思想や芸術を、何でもかでもIT化できる、リモートにしてもいかなる手段でも使ってできる、と思いがちな昨今である。

でも、卆寿を過ぎてしまったお婆さん、マユミンの言い分にも、耳を傾けてほしい。古い図書を秋の一番渇きやすい頃を選んで、太陽に晒《さら》す。なんて、すばらしい習慣が、いまだに行われている。これこそ日本人の誇る貴重な文化遺産である。嬉しいテレビ番組に接した。

5

来客あと　ちょっと寝《ね》の間《ま》に　母の日のお花が！

お勉強のじゃまを避けた蘭ちゃんばあばが、お帰りになった。昨夜からFacebookにかまけて寝たり起きたりで、その後、うっかりベッドで熟睡してしまったらしい。ふと見ると、今まで空っぽだった花瓶に、奇麗なお花が…。

そして、花屋さんがつけてくれた「お母様ありがとう！」のカード。

奇蹟である！

ハンニンがわかった！

すぐ近くのS先生の治療を済ませた多美が、予告もなく立ち寄ってくれたらしい。ところが、どんなに大きな音を立てても起きない大爆睡のマユミンにお手上げで、イチロウさんが夕飯を待つ自宅へ帰ったとのこと。バゲットと食パンと美味しいサンドイッチが置いてあり、「冷蔵庫にあった、智恵子ばあちゃんが手のしびれたマユミンのため、手早く作って下さった〈今市カブラの浅漬け〉があまりに美味しそうだったので、半分もらったわ」とのこと。そこまで熟睡してたら、「九十歳老女、殺さる！」って新聞に出たわね、と笑った。

多美と美佐が保谷の音大女子学生会館に下宿していたころも、関東ローム層の畑の隅で販売していた農家の畑のとれとれ〈泥つき小カブ〉〈採れたて胡瓜〉などをマユミンは早漬けして、その夜は日本各地から上京して音楽大学に通うお嬢さんを、せまい四畳半の多美の部屋に集め、田舎のお菓子の差し入れもあって、愉しいひとときをもった。

美佐はいつも通り、セキセイインコなど小鳥を飼うので、もう一部屋、べつに借りていた。

ある日、「美佐さん。あなたのセキセイインコが、私のカレーライスの中に立って、ごはんを食べてるの」と。そんな事件も起こって、平あやまりだった。

マユミンは、牢名主みたいにベッドの奥に座って、楽しい会話のまっただ中にいる。

6　醜草《しこくさ》に陽炎《かげろう》立ちぬ方丈記

よみがえる『方丈記』。わが国の音楽界の扉をひらいた知の巨人、作曲家・柴田南雄《みなお》氏（一九一六〜一九九六）に『ゆく河の流れは絶えずして』の合唱交響曲（一九七五年作）がある。二〇一六年十一月にサントリー・ホールで指揮と演出・山田和樹、日本フィル公演をマユミンは聴いた。

『方丈記』はマユミン、多治見高女時代に唯一、授業で完読していたのである。

「しこくさ」とは、いったい何であろう。みにくい草とは、綺麗じゃないとか役に立たないとか、見るのもおぞましいとかであろうか。戦時中、旧制高女で「しこの御盾《みたて》と出《い》でたつ我は」の歌を萬葉集で習った。あれは、自分を卑下したととるよりも、私のような者でも、帝《みかど》の盾ともなってお守りしますという、謙遜の表現であろう。

大伴家持《おおとものやかもち》に「忘れ草わが下紐《したひも》につけたれど　醜《しこ》の醜草言《しこくさこと》にしありけり」がある。異名の「忘れ草」は、嫌なことは忘れてしまいたいと、衣類につけたという。

その醜草に陽炎《かげろう》が立った。しこ草といえども、いつもと違って、我が住む方丈の狭い貧しい身ほとりに、ほんのわずかながら温かい何かが訪れ、幸せを感じる。

こんな感じ方も、今は嬉しいではないか。プーチンの数々の暴挙におびえる昨今の我々にとっては。

7

さにあらず　曇天に煌々《こうこう》と仲秋の月

なんか曇天でガッカリ、と夜の七時には諦めていた。ところが、思い直して再び夜空を見に南側の広いベランダへ出てみると、くっきりと名月が…。

嬉しいじゃありませんか、お月さまも義理堅く〈重陽《ちょうよう》の節句〉を守って下さるじゃありませんか。こんないわば狂った近来の気象のご時世、義理堅いお月さんに、ついついお礼を言いたくなりましたわよ。

8　リラ香んばしDominus, domineで目くらまし

Dominus, domine, dominum, domino, domino....Domini, domini..... って暗誦してみせると、外国人もいちころなのだ！

『車輪の下』の主人公は「AMO, AMAS, AMAT..... （わたしは愛する、あなたは愛する）」を明日のラテン語のテストに備えて、薪を割りながら暗記した。

洋の東西をとわず、みんな苦労をして大学を出たんじゃのう。

ナジ・ハキムの奥さまのベルナデットが、「マユミン。日本の大学では、ラテン語もギリシャ語も教えるの？」と聞く。「ウイ！」とすまして答えるのだ！　アハ・ハ！

ロシアでは、ギリシャ語が元になっているので、推定できて、おもしろかった。

9

マルベル堂のブロマイドなど懐かしき

古いブロマイドが、いまよく売れているらしい。

一九三一年（昭和六年）九月二十五日生まれのマユミンは、長兄宰輔、次兄純平と昔、日光写真で遊んでいた。

その頃、「大山デブ子」（一九一五〜八一）という女優をブロマイドでマユミンは覚えている。

宰輔（名古屋ＣＡ商業）の同級生は、のちの直木賞作家の城山三郎さん。笠原鉄道に乗って、遊びに来てくださった。

戦火を避けて、長野県の島崎藤村の『破戒』の隣村で、何と戦後岐阜県中津川市に入ってしまった馬籠に近い、当時の岐阜県恵那郡大井町の、県立恵那中学を出た純平は、同級生の小野君のおじさまが、戦後、文藝春秋新社の幹部の小野詮三氏で、獅子文六の映画『自由学校』の主演をなさった方なので、マユミンはその伝《つて》を頼り、忖度あって文藝春秋新社の入社試験を受けた。けれど、運に恵まれず学力拙く、当然落っこちた。「編集部でなく、出版部へ一時的に入れれば」とのご親切なお言葉もあったのに…。

ちなみに、この年の合格者は、あの著名な半藤一利さんと判明した。やはり、ブスで東大など〈夢のゆめ〉のマユミンでは当然。でも、おもしろい体験だったわ！　早稲田大学の試験場で出会った立教大学のシモちゃんと、キャフェで答え合わせをした。もちろん、儚《はかな》い夢だった。アハ・ハ！

10 ニンチド・テレ朝・まほうびん

九十一歳お婆さんマユミンがテレビを見ていると、まあくだらない番組が多いけれど、ときには面白いこともあるので、矢張り見てしまう。

「パソコンでFacebookを使って、〈俳句エッセイ〉二十一巻目を書いてます」とタクシーの運転手さんに、くだらない自慢もする。

とはいえ、最近では手足の硬直の進み具合が甚だしい。でも、神様が、パソコンでの執筆を許して下さっているのが、何よりありがたい。

言葉の認知度を片仮名で表記する現代の若者にも困ったものだが、今ごろの若者に理解できない言葉に「クラッチ」「魔法瓶」があるという。

マユミンは、いわゆる岐阜県土岐郡笠原町神戸《ごうど》という〝ど〟のつく田舎育ちであった。けれども、母が神戸《こうべ》の生まれで、ハイカラぶって宝塚と田谷力三らのオペレッタの好きな人だったので、我が家はほかの家とは違っていた。

「真弓、クラッチをかけて来て！」と、井戸水を汲み上げる装置を、幼い頃から難なく扱っていたので、子どものお稽古事が増えて車を運転する必要ができた時は、当時のクルマのクラッチ操作なんてお手のものだった。

三十歳からはじめた車の運転は、五十年間遊んだ後、娘たちが泣いて頼むので、仕方なくあきらめた。フランスは左ハンドルなのでやめたが、イギリスでは、美佐のナビで、今の天皇陛下がオックスフォード大学ご留学中の、なんとか寮を探した。記念に『不思議の国のアリス』を本屋で買ってきた。

マユミンの乗った歴代の車種は、ブルーバード、コロナ、クラウン・マジェスタ、プログレ、真っ赤なVOLVO、真っ白なVOLVOと乗って、打ち止め。小さい頃から、兄たちにならって三輪車、子ども自転車の手放しノリなど、大の乗り物好きだったのだ。

いつも娘たちにいう。

「お母さんは、玄関の石積みの門はたびたび壊しても、人様をあやめたことは、ないのよ」

娘たちは「あったりまえでしょ。そうなら、とっくに留置場暮らしよ」とやり返してくる。

しかし、よはひ九十一ともなれば、昔のお転婆娘もからっきし体が思うにまかせないのだ。

11

スマホを使いきれない老婆　惨め！

夏休みもそろそろ終わり。最近の子どもたちの取り組みはすごい！

マユミンの小学生の頃…。

「真弓、田中充先生の夏休みの宿題、できたの？」

「(すでに鉄キチの) 宰輔、あなた、鉄道模型はどこまで仕上げたの？」

「純平、毎日遊んでばかりいないで、何か作ったの？」

……

母の美代子が言うのを今も懐かしく思い出す。

12

初夢は口から仏かたじけな

ほぼ二十年前である。新年を迎え、私はこの拙い一句を詠んだ。

そして、その年の三月はじめ、思い立って名古屋ＹＷＣＡの友人たちと京都の六波羅《ろくはら》蜜寺《みつじ》を訪れた。写真でしか知らない空也上人《くうやしょうにん》の木像をこの目で拝見したかった。

空也上人光勝は、延喜三（九〇三）年、醍醐天皇の第二子として生まれた、と寺伝にある。異説もある。優婆塞《うばそく》（僧にはならず、巷にあって仏教を修行する人）として自己練行に励み、当時の荒れ果てた京都にあって、橋を架け、野に捨てられた屍《しかばね》を集めて回向《えこう》し、遊行《ゆぎょう》行化《ぎょうか》の日を重ねた。

天暦五（九五一）年、悪疫流行するや、金色の高さ一丈の観音像と薬湯を車に積み、人々の病いをいやし、行乞《ぎょうこつ》の日々を送った。のちに村上天皇の勅許を得て、六波羅の地に寺を建立したという。今もなお、空也念仏をとなえる庶民の心に生きた上人である。

六波羅蜜寺に、運慶の四男、康勝の手になる等身大、いや少し小さい上人の木像がある。胸に金鼓、右手に撞木、左手には鹿の角の杖をつき、破衣を膝もあらわに短くまとい、わらじ履きで少し屈《こご》み加減に念仏をとなえる上人の口からは、六体の小さな仏さまが飛び出している。八世紀の昔、こんな斬新なアイデアを用いたことに、マユミンはまず、驚く。

すがすがしい春の旅となった。

（再録『俳句エッセイ・めうがやの足袋』）

けだし、至言である。

マユミンが、もっともっと若かったら、俳優の阿部寛さんの言うことを聞いたであろう。十分、「バカとブス」の資格あり。そんな強力なアドヴァイスが欲しかったとも。

この、失敗だったかに思える九十歳の生涯をかえりみて、最近しみじみ思うのである。

そして、『ドラゴン桜』の原作が漫画だったとは、全く知らなんだ。

マユミンの時代には、『ドラゴン桜』のテレビ放映がなかったのだ。もはや手遅れ。

アハ・ハ！

14
朝掘りの能登《のと》のタケノコ届きけり

多美が横浜のピアニスト・東誠三くんとアミちゃん宅へゆくという。

「とれとれのタケノコ御飯がつくりたいので、どこかで探して！」と言ったら、午後四時頃、移民の方とおぼしき配達人が、大きな土つきタケノコ二本が入ったアマゾンの〈PRIME〉の大きな紙袋を二つ届けに来た。

ただちに、灰汁《あく》とりにかかる。

娘たちが小学生の頃、お誕生会にはマユミンの〈五目御飯にトリの唐揚げ〉の山盛りがお決まりであった…。

大阪の毎日新聞社へ父親の転勤で引っ越した子が、「おばさまの五目御飯、決して忘れません」と手紙をくれたわ。

15 アスパラガスの掟《おきて》 さつき風

テレビを見ている。いま、青々としたアスパラガスが食欲をそそる。

あれは、マユミン十九歳の春、生涯の分岐点ともいうべき旧弊な母のくびきから逃れ、岐阜県土岐郡笠原町から上京。やっと学問の深さ、おもしろさの入口を教えられる機会をつかんだような毎日だった。

おいしいグリーン・アスパラガスの存在を知ったのは、ベビー・シッターをつとめたロケットの糸川博士家の食卓だったのと、もうひとつ。

玉川学園同窓会長の森清代議士（自民党千葉三区）は、学園の理事会が済むと、隣室の出版部編集室をのぞいて声を掛けてくれた。ご自宅の成城学園前まで道すがら、最新のアメ車で送って下さるのだ。一度、ご依頼の原稿を纏めるお手伝いをしただけなのに。そのうえ、ご家族といっしょの晩ご飯もいただいた。そこにグリーン・アスパラガスがあった。

アスパラガス農家の語る調理のおきてが、おもしろい。グリーン・アスパラガスは、茎のあの茶色いへたの笠に留意のこと。あの笠が正三角形のものがよい。アスパラギン酸豊富なアスパラは、変に長三角のへたのものよりも良質とか。

しかし、アスパラガスは、マユミンが幼い頃には、白い缶詰入りしか見たことがなかった。マルセル・プルーストの叔母は、あの〝思い過ごし病〟のせいで、ヴィシー・セレスティン聖水を欠かさず飲んでいたうえ、二階の窓から近所の女中が畑から持ち帰る太いホワイト・アスパラを見ると、「いそいで買ってきておくれ」と買いに走らせた。まだ小学生のサンドラと多美と、コンブレーの『失われし時を求めて』の舞台をゆっくり見てきたマユミンには、ひとしお感慨深いのだ。

16

琉歌「天咲《てぃんさ》ぐぬ花や」に聴き誤り

「天に咲く花」を空をいろどる星と解釈したら、どうも違うらしい。てぃんさぐぬ花は、ホウセンカのことらしい。ホウセンカなら、親のいう言葉が爪に染まっても自然。

「♬てぃんさぐぬ花や　爪先《ちみさち》に染《す》みてぃ　親《うや》ぬゆしぐとぅや　肝《ちむ》に染《す》みり」

…爪に染まりて、親のいう言葉は、肝に沁みる。

ホウセンカの紅色なら、納得できる。

私が十九歳で玉川学園りんどう塾で同室となった高校生、宮城須恵子さんは、南風原《はえばる》の裕福な味噌製造業の家のお嬢さんだった。

マユミンは小原先生の秘書的立場だったので、すぐに小原先生の書斎に駆けつけられる部屋で、玄関に近い洋室だった。のち、香港からの留学生彭世美《ほうせいみ》と同室することに。

17

「おそばは音を立てて食へ！」は駄目

容認できぬわが国のマナー

〝暴挙〟は慎んでください。

旧くからの習慣でも、外国で顔をしかめられるようなことは、やめましょう。ふとしたことが粗野なマナーをもつ日本人と思われてはなりません。

18

朝寒や　寝覚めを驚かすPTA代行

ITばやりで驚いてばかりの卆寿おばあちゃまに、またもや大打撃！

「きょうは民生委員の日です」なんて区民新聞は書き立てるけれど、実態は、もはやマユミンよはひ三十の頃、「その任にあらず」とさんざん断ったのに、いやいや委員にされ、なんと三十三年間も関わってきたあの頃とは、違うのだ。そうか、PTA問題にも、押し寄せたか！

子どもたちにも夫にも多くの迷惑をかけてまで、一筋の心の中の福祉に対する後ろめたさに掻き立てられ、柄にもない民生・児童委員、そして総務の仕事に永年、携わってきた。

おしまいには「三十五年経ったら厚生省に黄綬褒章でも申請！」と福祉事務所のスタッフが言うので、きっぱりお断りした。「自分褒め《じぶんぼ》」ばかりの体質にも疑問を持ったし。いろんな新聞社や厚生省の無意味な賞状と記念品は、焼いたり、捨てた。

あの永田町の都市会館に呼ばれて、全国民生委員大会の書記を頼まれちゃった。形だけの福祉事業の総決算にお付き合いした。

その後、加齢の夫から、「すまんが、我が家の福祉に戻ってくれんか?」と切実な要望があって、家庭に帰ったわ。毎年、『厚生白書』が出ると、名古屋のスタッフが「ニノミヤさん、要約して」という。「何言ってるの。これこそあなた方の一番大切なお仕事でしょ!」と怒ったわ。

さて、そこで今度はいよいよPTAか。そういう時代なんだろう。お金をはらって下請けに。こんなことでいいのかしら? でも、もうここで九十一歳に成り果てた私も、頭を切り替えるしかないのね。

19 由緒あるご一統の好める〈維新號〉本店

明治・大正時代を思わせる家具調度。こころうばわるる躾よき給仕さんら。マユミン、飲めない九十一歳を忘れ、選りすぐりの紹興酒にザラメを所望、盃重ねけり。

まだむこと山岸美喜さんのお心づくしの九十一歳祝いの晩餐会は、親友悦子様とお嬢様でホッピー社長の石渡美奈様、イチロウさんと多美というメンバーである。

美喜さんは、あの大政奉還の徳川慶喜の玄孫《やしゃご》である。

20
むつみ庵の中で　偶然の力

統合失調症と老人呆け症と。福祉制度の見直し。偶然にたよらない日本。地域がつなぐ新しいちから。

九十歳マユミンも、反省の時期であろう。お猿のポーズ「ハンセイ！」

日曜日の〈こころの時代〉を見た。マユミンにとっても、清々《すがすが》しい番組だった。日本に、長いあいだの、ゆがめられた精神病の世界に、ほのかな光がさしたよう。

出演のおふたり、名前もわからぬまま、「しゃく…」と聞こえたので、あの義父がむかし旧制・國學院大学で同期だったあの、釋沼空さんゆかりの医学界の方かしら？

21 思ひ出ず「♬何を～あげよ」まで待つ吾子の斉唱

多美を寝かしつけるとき、今夜は『ブラームスの子守唄』にする。

「♬良い子～良い子～お～ねんねしな～」

彼女、かたずをのんで自分の出番を待つ。

「♬何を～あげよ～」の部分で、自分の出番と心得て、合流する。堀内敬三訳ではないのを、多治見高女の水野そで先生に習ったが、「いくさ～人の、黄金の太刀～」その前の歌詞が、記憶にないのだ！

あれは、多美、何歳の頃だったかしら。あっ、マユミン一晩寝たら、思い出したわ。

「♬にしき～織りの～見事なきぬ～」

「♬戦人《いくさびと》の～黄金の太刀～」

pause 1　マユミンつくりしは狂歌

情けなや　知の殿堂の外側をめぐりてひと世　恵まれし我れ。
生《あ》れしより　好奇心のみいやまさり、
世の中を斜め見のあり石蕗《つは》の花。
さまざまな優れた事象もある中で、たったわずかにとらはれて、
事の本質見誤りぬ。
『ノラや』の作者、内田百閒《ひやっけん》先生。
玄関さに掲げしてふ短歌。
「世の中に人の来るこそうれしけれ
とはいふもののお前ではなし」

PART 2

旅の日のファンタジー

いつも音楽があった

1 夏寒し 石切り山のIRCAMコンサート

アヴィニヨン郊外

真夏というのでホテルから気取ったドレスを着た二宮ファミリーの大誤算! 有名な映画俳優ミッシェル・ピッコリ一家は、まるで真冬の出で立ちではないか! そして、温かそうな毛布なども持参。

意表をついて、ピエール・ブーレーズは、アヴィニヨンから車で二十分の、キャリエール・ドゥ・ブルボンの、円形コンサート場と化した「石切り場」の崖っぷちに立って、開会のトランペットのファンファーレを指揮する。

まず重鎮ブーレーズの『レポン(Répons)』、そして、数々のフランス音楽界のよりすぐりの新人たちの腕の見せどころ…。

フィリップ・マヌーリの新作『プルトン(Pluton for piano and live electronics)』で、とりわけすばらしかったのが、ピアノの野平一郎であった。

実質四〇分の演奏のあいだ、IRCAM技術陣が開発した4XとヤマハMIDIのグランド・ピアノがリアルタイムに生き物のごとく相呼応し、ピアノのもつ限界を超えたのだ！　素晴らしい！

しかし、婚約したばかりの多美がここ、吹きさらしの石切り場円形劇場の数時間で、なんと重篤な肺炎と思しき症状を呈してしまった。

アヴィニヨンの時計台広場のホテルに帰ってからも、朝ご飯のテーブルをひっくり返すほどの、この地特有の朝の空《から》っ風ミストラルのお見舞いを受ける。びっくりの連続である。

2　「スペクトル楽派とその周辺」や皐月《さつき》晴れ

すっかり新しくなった恵比寿ビール本社前の日仏会館ホールで、イチロウさんの講義を聞いた。ふと、七十数年前の玉川大学時代のレクチュア風景がよみがえった！　マユミンの処女作『パリの空の下　六段の調べは流る』に書いた「石切り場のコンサート　IRCAM の夜」のこと。まだお若かった巨匠ブーレーズさんの雄々しい指揮ぶりがよみがえる。

そういえば、イチロウさんの講義にも出た YAMAHA のミディピアノが大評判で、その視察にきた二人がコンサート終了後、夏なのに寒さつのるアヴィニヨンの山中で、ちゃらんぽらんなフランスの運転手にちゃんと出逢えただろうか、心配しつつタクシーに乗ったわ。

イチロウさんと多美の婚約を、あの夏、パリのお仲間が五十人ほど集まって、お祝いしてくれた。その中には、モネちゃんのお父さん、服部隆之くんもいて、食事の際など

「多美さんのお母さま、何をおとりしましょうか?」とサービスにつとめてくれた。

今やNHK大河ドラマ音楽担当の大家になっちゃった。うわさでは、仙人と思われてたイチロウさんと結婚と聞いて、多美の部屋のソファにひっくり返って笑ったというハットリくんである。

3

念願かなふ傘寿おばあさまウィーンで年越し

楽友協会は BRINTON HOTEL のすぐ近く。

ウィーンの街〈カフェ・ザッハー〉や検査所に変身す。いとおかし。この街の緊急事態が身にせまる。われら極東の地より馳せ参じ、大好きなダニエル・バレンボイム指揮のニューイヤー・コンサートを聴く。この上の贅沢、世にあろうか。マユミンの心情はいま最高なり。念願かなひ大つごもりのオペラ『こうもり』は、老齢には過重なテーマと省《はぶ》きたり。

ヘーデンボルグ和樹さま

お心遣ひありがたく感謝あるのみ雪もよひ

うれしきは維納家庭料理のかずかず、ヘーデンボルグ和樹さま。この方のご好意ありてこそ、かなひけりな維納のコンサート参加。帰国していまもなほ維納の思ひ出湧きやまず。ありがたきこの古都維納訪問卆寿の老婆しも。最期とならむまたとなきよき思ひ出や夢の如。かくて今、得難きよきときをしみじみと味わえり成人の日よ。

4

帰国の日ウィーンの街の朝ぼらけ

一週間はあっという間。楽しかったこの街に別れを告げる。

第二次世界大戦の始まった年に私は笠原第一小学校の六年生だった。音楽好きのマユミンは、父が名古屋ＣＡ商業学校時代に英語を駆使して手に入れた、オランダ製の横長一メートル近くもある大きな黒いボックス型で、ダイヤルがいくつもついたラジオを前に、大きな〈His Master's Voice〉のビクター・ワンちゃんの、ピーピー・ガーガー鳴る雑音の中から、かろうじて聞こえてくる音楽にかじりついていた。もしかしたら、外国放送が盗聴できたかも…。それが、私の原点であった。

なんと、あの女流チェリストと数々の名演も遺したあこがれのバレンボイムの指揮。彼にしかできない素敵な演出で、ある時は賛美歌を団員たちが美しく歌ったのだ。あまつさえ、口笛まで…。

よわい九十にして、三度目のウィーンでニューイヤー・コンサートを聴けるなんて。

それも、世界的に危険な疫病の流行下にあって。何度もダメになりそうな気運の中で、十中八九、絶望的状況だったのに…。

かたじけなさに、涙こぼるる、の心境！　お世話になった皆さま、本当にありがとうございました。マユミン。

5

なんとまあ、新春をヘルシンキで迎へけり

あろうことかあるまいことか、多美と私はほんの検査技師の手続き上のミスで、ＪＡＬ乗り継ぎのフィンランド首都ヘルシンキ空港近くのホテルに泊まって、「もう一度鼻からのＰＣＲ検査の必要あり」と帰国を止められてしまった。

フィンランドの素晴らしい風光を、マユミン十年前に経験している。偉大なる作曲家、一柳《いちやなぎ》慧《とし》先生に喚《よ》ばれたイチロウさんにくっついて、サンドラ、美佐、多美とともに赴いたのだ。

明日は、折角のチャンスなので、ＰＣＲ検査が済んだら『フィンランディア』でも思い浮かべながら、出発時間まで散策しよう！　いやはや、ウィーンからやって来て、白一色の街並みに驚いた。イチロウさんと多美がマエストロ、ケント・ナガノに招待されたカナダのコンサートに赴くために買った長い革靴が役立った。

成田のホテル到着。翌日はフィンランドから引き続きの雪模様。

日本に入国すると、翌日の今日が第一日目と数えるので、今日から四日間のホテル隔離となる。お弁当とジュースとお茶が一日三回運ばれて来る。

「みなさま、これより昼食を配膳します。お時間がかかりますので、少々お待ちください。次の放送があるまで、ドアは開けないでください」

急な大きいアナウンスにいちいち驚く我ら母娘。今日の朝ごはんは焼肉弁当。私は、白いご飯と梅干しとお漬物とパリ在住のピアニスト、児玉桃さんの助言に従って、ふりかけの「錦松梅《きんしょうばい》」だけで、美味しくいただきました。

6 予想外 フィンランド（NATO加盟申請中）に二度目訪ひし

かつてイチロウさんが、一柳慧先生のご要望でピアノを弾いた美しいフィンランド。サンドラをふくむ二宮ファミリーが、「♬森と泉に囲まれた」国を訪れた。

さぞ、ご迷惑だったでしょう。けれど、素晴らしい体験だった。

イチロウさんはサウナに誘われて、友人のエサ・ペッカ・サローネンらと出逢ったという。

二度目は、ことしのウィーンのニューイヤー・コンサートの帰途、PCR検査の不備を言われ、ヘルシンキに一泊を余儀なくされた。ヘルシンキでフィン・エアーに乗り換え、無事帰国できた。飛行機はガラガラで、すべて〈マリメッコ〉じるしのおもてなし。軽薄なマユミンは、ご満足じゃった。

成田で蟄居《ちっきょ》生活。これもまた、本を読む時間たっぷりで、マユミン向き。

ただただ無事帰国できて、幸いであった、今回のウィーン・フィル、ニューイヤー・

コンサートへの参加は、わがままなマユミンの親しい友人・長谷川佳代さんの、ただならぬご理解とご好意あってこその幸運。しみじみ、感謝である。

7

成田のホテル四日間の足止め雪もやう

成田国際空港近くのホテルで四日間、コロナ対策の蟄居も済み、やっと解放された。空港までのバスで、幼い外国人ハーフの男の子がさっきまで“What is happen?”とか親ごさんに言っていたのに、「ここ日本なの？」と素直な質問あり。みんなから好意の軽い笑い声！

予約ずみのタクシーに移って運転手と会話。

「ちなみに」という言葉がやたら多い。

「運転手さん、どこの方？」

「ちなみにフィリッピンです」

誰にどこで習ったかは知らないけれど、日本語をどこまで理解しているのか、そうでもないのか、不明。「ちなみに」は、「ついでに」「余談ながら」などの意らしい。「運転技術は、おまかせください」とのことで、まあまあうまい。やれやれ、やっとわが家に帰る。

しかし…。ホテルから脱出できた後の、自宅隔離の間、厚生省による入国者への体温計測 MySOS の要求がたびたび。ほんとに対応が大変なのだ。ちょっと反応が遅いとご不満のようだが、こっちは手脚にしびれが最近増幅。ままならない。少しは待ってよ！

8　『黄金の定食』やはり私は日本人なり冠雪の富士

オーストリアのウィーンから帰国。十四日間といわれた自宅での蟄居期間が首相のひとことで十日に軽減された。しめしめとばかりわが幸運を喜んでいたら、喜ぶのはまだ早かった。なんだか、まだガラケーから使い慣れないスマホが、大きくしてもらった警戒音の凄まじい音で、呼びかける。

「まだ　現在地の報告　ありません」

マユミンは、忠実に「はい」を押しているのに、スマホが言うことをきかない。押しても押しても「NO」なのだ。

多美はいう。「お母さん、器械の言うことだから、まちがいもあるわよ。それに振り回されないで」

そうかもしれぬが、いつまでもまだしつこく追いかける器械に、端唄《はうた》ふうに「♬愛想もこそも〜、ツン・テン・シャ〜ン」なのだ。

さて、帰国十一日めの開放感から、ゆっくり、遅くなった年賀状の宛名を書く。年の暮れから突然のウィーン行きＯＫが出て、以来目まぐるしく事態は進み、あれよあれよという閑もなく、いま、やっと東京に帰って、すっかり遅れた年賀状の整理。疲れ果ててちょっとベッドに横になったら、何と一月十七日の深夜。そこでテレビをつけたら、〈黄金の定食〉だったのだ。

9

日仏会館での講演会のあと
稚鮎《ちあゆ》おどる驚きのレストランとの出逢ひ！

たっぷり「ボードレール　詩と芸術」の新鮮なレクチュア（二〇二二年六月十九日、日仏会館）が終わったばかり。コンサートの余韻を楽しみながら、多美がすぐ近くに探したしゃれた料理店へ。

若いマスターが多美を見て「お客さん、どこかでお目にかかってますね」と言う。

一時間ほどして、マスターがほほえんで言う。

「わかりました。六本木の“Va tout”へ、よくいらして下さったでしょ？」

〈ヴァ・トゥー〉なら、マユミンだって馴染みのフランス料理店である。数年前に、私の〈俳句エッセイ〉第十八巻『ドーデの風車小屋』の出版記念パーティを開いた店なのだ。そのときのお店の一人の藤井さんが、この恵比寿三丁目の〈深夜食堂　はなれ〉のマスターになったのだ。奇遇である。

きっとここがまた、日仏会館の催しが終わったら、みんなの使う常レストランになるにちがいない。おいしかった。

10

イチロウさん　バッハの全てを説きにけり

札幌市民の知見の深さもひしひしと。ついつられて北海道までノコノコと。人の迷惑考えずに連れてもらえる幸せな老婆！　イチロウさんの長年の研究成果をわかりやすく。最後には声も枯れんとせし彼に。マユミン、今まで受けたどの大学の講義よりも堪能せしこそ誇りなれ。

イチロウさんの敬愛するブーレーズに至るまでには、こんなにも幾多の大作曲家たちとの対峙を経なければならなかったのだ！

バッハを時代別にハープシコード、ポジティブ・オルガン、モダン・ピアノと、鮮やかに弾き比べるイチロウさんにも、身内ながら驚きぬ。すばらしきかな、札幌キタラ小ホールを埋め尽くした市民のみなさま。秋雨でお出になりにくい日なのに、なんと満席なりき。ありがたき。もう二日で九十一歳のマユミンにも何よりの餞《はなむけ》となりました。

11　最後の著書は『♬ひと夜さ　モンテ・カルロ』でどうかしら？

二〇二二年十月初めから、モナコ公国ピエール皇太子財団音楽評議員として招聘のイチロウさんにくっついて、老婆最後のヨーロッパ旅行を計画している。すでにマユミンを知る幾人かのパリ在住の友人たちが待っていてくださる、という喜び。

コロナ禍いまだ勢い衰えず、強気のプーチン率いるロシアのことが気掛かりではあるが、やっと実現しそうで嬉しい。

12

〈モナコ公国ピエール皇太子財団二〇二二年度表彰式典〉に臨席の秋

秋きたる『モンテ・カルロの一夜』懐かしし

神戸生まれの母は宝塚少女歌劇とオペレッタが大好きで、幼い頃から「♬ひと夜さモンテ・カ〜ルロ〜」などと、当時エノケンが歌ってたこんな歌を聴いて、マユミンは育った。

それから幾星霜！　わがお婿さんイチロウさんに、この秋もまた、モナコ公国ピエール皇太子財団の音楽部門の評議員としてお招きが続き、親友・悦子さまと念願のモナコへ連れていって貰えることになった。なんたる幸運。本当に嬉しい！　ヘルパーに〈孝女白菊〉多美にくわえて、孫のサンドラ・コーンもニューヨークから駆けつけて来てくれる。

思いやりのあるすばらしいサンドラに成長していた。セレモニーがおこなわれたサル・ガルニエ（モンテ・カルロ歌劇場）まで、重いマユミンを車椅子に乗せて、泊まっていたホテル・メトロポール・モンテカルロから運んでくれた。

パリへ帰って懐かしのヴェルサイユ宮殿の一部だった〈トリアノン・パレス・ホテル〉へ。ここへは、まだサンドラがホノルルの私立プナホウ学園小学部生だった頃に来ている。六月だったので、アルプス山岳地方から険しいベロ（自転車）・レースの選手たちが終点パリへ向かうというので、ここでみんなで応援したものだ。

今も素敵な〈トリアノン・パレス・ホテル〉の、王様やマリー・アントワネット王女様が放牧の羊や鹿の豊かな森を楽しんだ敷地内にあるホテルのプールやジムやジヴァンシーのエステを試みた。

ここで美味しい昼食をとり、いよいよ帰国。たのしい楽しい式典であった。

13 探し当てたわよ『狂乱のモンテ・カルロ』のユー・チューブ！

二〇二二年十月十日、〈ホテル・メトロポール・モンテカルロ〉にて。朝八時。

マユミン、幼い頃から耳に馴染んだメロディ「♬ひと夜さ　モンテカルロ～　しゅろ茂る葉隠れに～」は、オペレッタ、サミュエル・ゴールドウィンの "Eine Nacht in Monte Carlo"（一九三四年）が基になっている。

日本のテノール歌手、のちの昭和音大初代学長、奥田良三さんが、ポリドール社から『モンテカルロの一夜』のタイトルでレコーディングしている。

14

ゆく秋や（映画）『会議は踊る』の地に眠る

今夜は、久々にイチロウさんを中心の晩餐会をもよおす。イチロウさんは、我々マユミンたちと違って、大切な哲学・文学・音楽などの文化財団の音楽部門の審査員なので、重責を担っている。

我々が遊び呆けているあいだにも、いろんな国からの応募作曲作品の審査で大変なのだ！　一同、「ほんとうにご苦労さま」のディナーなり。

秋雨しとどモナコ周辺を楽しめり

イチロウさん公務繁忙の二日間は、紺碧の空と海にＴＡＭＩ企画の素敵な女子組のニース周辺のミュゼと景色の旅。いと嬉し。こんな贅沢な旅に恵まれしマユミンよ。

モナコ公国の片鱗を見る冬初め

「♬ひと夜さモンテ・カルロ」も探し当て、マユミン大きげん！　さあ、パリへ帰ろう。

15

シアンピ教授、♬アイネ・ナハト・イン・モンテカルロ

シャガール隠棲の村サン＝ポール＝ドゥ・ヴァンス　懐かしきプチ・トリアノン

最後の日に、シテ島の「老舗チーズ屋さん」を訪れる。徳丸吉彦先生ご希望のお店で、玄人はだしの選択により多美がいろんな種類のチーズを買う。

そして、懐かしの〈ホテル・トリアノン・パレス〉に泊まる。

ベルサイユは初めての悦子様と三度目のヴェルサイユ宮殿は楽し。サンドラ、多美、イチロウさん、悦子様、マユミンのメンバーで、〈ホテル・トリアノン・パレス〉のおいしい昼食。その後、マユミンのパリの友人とのお別れ晩餐会なり。いとたのし！

晩年のシャガールの村はキャフェで待つ
濡《ぬ》れそぼつ村へ行くひと絶えず秋

16

パリの友人達招きて「さよなら」秋雨しとど

パリ老舗〈Procope〉にて
マユミン主催のお別れDINNER!

もう会えないだろう心の友たちに、心ならずもコロナ禍なれば身近な方のみ、パリ最古のレストランにお呼びした。

マダム・ピュイグ＝ロジェ教授のご長女、ポーリーヌ夫妻。ドラングル・パリ音楽院教授ご夫妻、マルゴーニ・元パリ音楽院教授の奥さま、富佐子さま、親友の石渡悦子さま、イチロウさん、多美、サンドラ＆マユミン。

お別れに、多美がいつもの悪ふざけで、「記念に何かお母さん、フランス語で歌いなさいよ」と言う。「♬小さな小さな小舟があった。決して航海しない、小舟が… Oe Oe ?」とも思ったが、『ラ・マルセイエーズ』にした。最後まで声が出てくれた。

なんと親愛なるドラングル教授が、「マユミンが他国の国歌をこんなにも正確に覚えていてくれたなんて…」と涙ぐんでくれちゃった！　オディール夫人も、食通の聖地「リヨンへぜひ！」と。

ドラングル教授は、リヨンの名料理人の八十八歳の父上が現在では病篤《やまいあつ》く、心配だという。一度、復活祭に、パリ近郊のドラングル家でお会いした。讃美歌もよくハモって、とてもとても親密で素敵な集まりであった。そして今夜も…。

ドラングルさんは、一〇八年たったブルゴーニュはジュラ山脈の麓にあるアルボワ村の赤ワイン、それもマグナム瓶入りを贈ってくれた。忘れがたいパリの一夜であった。無事に東京に着いたワインで、皆さんをお招《よ》びしよう！

素晴らしい旅も、今夜でおしまい。

17 マユミンの宿望すべて果たせり嬉しき初冬

ありがたき二〇二二年十月二十六日水曜日、我がまま九十一歳マユミンのために、親友悦子さま、〈孝女しら菊・第三号〉長谷川佳代さま、イチロウさん、多美がうち揃って、夕方六時に〈モナコ公国ピエール皇太子財団・今年度表彰式への出席〉と〈マユミン♬ひと夜さモンテカルロ〉の宿願達成記念パーティを挙行。

あのパリの老舗料亭・プロコープにおいて、ドラングル教授がわざわざマユミンのために贈ってくださった一〇八年前の歴史ある葡萄の木から醸した貴重な赤ワインのマグナム瓶を、気持ちよくみんなで開けた！　なんという贅沢な、マユミンへのプレゼント！　忝《かた》じけなさに、涙溢《あふ》るる…ってのは、ウソ涙。ではなく、本当でした。心から、老婆、感謝かんしゃの一夜でございました。

羽田着　日本の初秋に出会ひけり

お迎へのハイヤー 嬉し東京は紅葉《もみじ》

18
モナコ疲れと松茸願望　そして女子会の秋

情けないことに、モナコ訪問後の生活に時差呆けなどで異常を感じたマユミンは、「えい。まだまだあの世の前に片付けることがあるわ」と、乏しい余力をマユミンなりにふり絞って、我が国の置かれたこの難しい状況に臨んでいる。

時に朗報が入った。我が家のいろいろに協力を惜しまぬ方々から、マユミン最後にあの世へゆく前、松茸願望を抑えきれなくて、いろんな国の松茸事情を収集したのだ。

結果、マユミンの〈第三の孝女しら菊〉サヨちゃんなどから、隣接国産の素性確かなマツタケと、我が甥、まるで『下町ロケット』を地でゆくケンちゃんから、「そんなに真弓おばさんがマツタケが食べたいんだったら、長野県産のマツタケを入手したから、どうぞ！」との朗報あり。嬉しい！

19

憧れのモナコ疲れや十月尽

さすがの過激な九十一歳の世界旅、後の疲れが甚だしい。帰国後の体調は、我ながら少し怪しい。でも、やることはやった。この〈世界をめぐる思い出旅〉の終焉は間近。終わりよければすべてよし。アハハ！

pause 2 「白妙《しろたえ》の千枚漬《せんまいづ》けの一枚は」

短歌「白妙の千枚漬けの一枚は…」

これにつづく短歌の課題募集である。

最近の短歌、俳句の世界の発展ぶりはめざましい。マユミンも結構あたらしぶっているが、それでも追いつかないほど。

しっかりしなきゃ！

郵便はがき

料金受取人払郵便

神田局
承認

1743

差出有効期間
2023年12月31日まで
(切手不要)

101-8791

535

千代田区外神田
二丁目十八―六

春秋社

愛読者カード係

*お送りいただいた個人情報は、書籍の発送および小社のマーケティングに利用させていただきます。

(フリガナ) お名前	歳	ご職業
ご住所 〒		
E-mail 小社より、新刊／重版情報、「web 春秋 はるとあき」更新のお知らせ、イベント情報などをメールマガジンにてお届けいたします。	電話	

※**新規注文書**（本を新たに注文する場合のみご記入下さい。）

ご注文方法　□**書店で受け取り**　□**直送(代金先払い)** 担当よりご連絡いたします。

書店名	地区	書名		

ご購読ありがとうございます。このカードは、小社の今後の出版企画および読者の皆様とのご連絡に役立てたいと思いますので、ご記入の上お送り下さい。

〈書　名〉※必ずご記入下さい

●お買い上げ書店名(　　　地区　　　　書店　)

●本書に関するご感想、小社刊行物についてのご意見

※上記をホームページなどでご紹介させていただく場合があります。(諾・否)

●購読メディア	●本書を何でお知りになりましたか	●お買い求めになった動機
新聞 雑誌 その他 メディア名 (　　　)	1. 書店で見て 2. 新聞の広告で (1)朝日 (2)読売 (3)日経 (4)その他 3. 書評で(　　　紙・誌) 4. 人にすすめられて 5. その他	1. 著者のファン 2. テーマにひかれて 3. 装丁が良い 4. 帯の文章を読んで 5. その他 (　　　)

●内容	●定価	●装丁
□満足　□不満足	□安い　□高い	□良い　□悪い

●最近読んで面白かった本　(著者)　(出版社)

(書名)

(株)春秋社　電話 03-3255-9611　FAX 03-3253-1384　振替 00180-6-24861
E-mail:info@shunjusha.co.jp

PART 3

メモワール　人びとの風景

1　葉山の漁師めしに夏みかん

平成上皇陛下のご成婚を祝って、六〇年前、葉山の市民に夏蜜柑の樹が配られたという。

葉山海岸には日本ＹＷＣＡのレイシー・ハウスがあった。玉川大学で同級の小平リツ子さんの提案で、夏休みに二泊したことあり、懐かしい。最近、天皇皇后陛下がお泊まりになった。

〈食彩の王国〉の薬師丸ひろ子さんは、実はマユミンの玉川大学文学部、英米文学科の後輩なのだ！　お会いする機会もないのだけれど、そのことがわかっただけで、すっかりファンになった。

ご本人は、全くあずかり知らぬことだけれど、薬師丸さんは忙しい俳優のお仕事にもかかわらず、玉川学園が最も大切にする校是「なさざれば食らわず」を守り、授業の一つ〈労作授業〉をサボることはなかったという。

陰ながら、これもマユミンのご自慢なのだ！　卆寿を過ぎたマユミンは、薬師丸ひろ子さんを後援している。

2

懐かしき陶勝軒《とうしょうけん》の栗蒸し羊羹よ！

わが産土《うぶすな》の街、笠原の陶勝軒が、立派な菓子司《かしつかさ》となってFacebookに名乗りを上げているのには驚いた！

陶勝軒は、昔から土岐郡笠原町神戸区にあった。お隣りは「まちの鍛冶屋」さんで、好奇心旺盛な輸出陶磁器製造の「カネ大さんのマーちゃん」は、鍛冶屋の仕事を半日ほども熱心に見学していたところ、行方不明か人さらいにあったかと、母美代子からひどく叱られた。

道を隔てて〈陶磁器おろし商〉のヤマタケさんにも、仲良しの栗田純一くんがいて、よく遊びにいった。純一くんは一学年上のハンサムな少年。多治見の養正小学校で〈岐阜県土岐郡小学生お話大会〉が催されたときは、マユミンと純一くんの二人が、わが笠原第一小学校の代表として選ばれた。

のち、美少年・純ちゃんは、私の次兄の加藤純平のように、岐阜県立恵那中学校へ進んだ。純一くんの父上もうちの父やカネ徳のあの〈ちょい悪従姉妹《わるいとこ》の玲子〉の家へ、よくいらしてたのを記憶している。

ヤマタケのおじさんは、あの〝電力の鬼〟と呼ばれた著名な松永安左衛門氏（一八七五〜一九七二）と協力して、まず九州電力の開発、そして中部地方の東邦電力の開発に能力を発揮した福澤桃介社長夫人となった貞奴の名古屋の家へ、兄事していた笠原町滝呂地区のカネマサのおじさんについて行ったことがあるという。するとと、前回訪問の際に、美濃の当時の有名な作家の抹茶茶碗を持参したのに、貞奴はなんとそれをタバコの灰吹きに使っていた。「なんと教養のない人かと、がっかりした」という。このヤマタケのおじさまも、マユミンにとって、大正・昭和初期の東海地方電力発展事情の、かくれたる証人のひとりであった。

マユミンがその頃もう少し年をとっていたら、おもしろいノン・フィクションが書けたであろうに…。まあ、その能力に欠けていただけ、ともいえるか。

3　『あひる飛びなさい』敗戦後、国産旅客機を！　桜咲く

『あひる跳びなさい』の古くからの愛読者である。

著者の阿川弘之さんを追悼して、マユミン高校生の頃か、気になっていた〈第三の新人〉をググってみた。

讃美歌「♬主われを愛す　主は強ければ　われ弱くとも恐れはあらじ」（讃美歌461）の後に「♬かーぜ風《かぜふ》吹くな～　シャボン玉飛《だまと》ばそ」と日本の童謡をつけたところ、招聘先のアメリカ人が怪訝《けげん》な顔をしたらしい。それが、第三の新人の、どなただったか知りたいのだ。キッカケは、阿川佐和子さんの出演した、おとといの〈徹子の部屋〉である。

豪快で、しかし繊細な父上の実像を、ご両親の介護生活を、多数の著書をものにしつつ、さりげなく終えた末の、彼女の結婚生活もおもしろい。我が第二の〈孝女・白菊〉が永らくのホノルル生活なので、佐和子著の小説のモデルの「七面鳥の骨ちょうだい事

件」も、ハハーンと心当たりあり。お陰で、美佐の車内でひっくり返り、そのスープでびちょびちょ！　トホホホ…。

4

冬きざす　愛するバレンボイムからの告白よ

今年（二〇二二年）のニューイヤーコンサートに、指揮者としてすばらしいパフォーマンスを披露した、あのバレンボイムから悲痛なメッセージ。

彼は言う。これほどまで音楽を愛している自分自身に、身体的、精神的な障害が生じて、愛する音楽の世界から離れなければならない、と。寂しい！　幾年も前の、あの愛する人との悲しい別れも、ことごとく知っているマユミン。

今は、ひたすら静かにあなたのご回復を願うものです。

5

「♪こんにちは赤ちゃん〜」一世風靡　春近し

今朝のＮＨＫ〈あの人に会いたい〉は梓みちよさん。昨年ご逝去とは、知らなかった。宝塚をやめて上京。あの『こんにちは赤ちゃん』に振り回されたと思うこともあったけれど、あるときロサンジェルスでこれを歌うと、日本人の聴衆の予想もしない望郷の涙、なみだの反響に接し、この曲の持つ大きな力に気づいたという。すばらしい歌手だった。早逝を惜しむ。

6

徹子の部屋は

仲代達矢さん　ほぼ同年代　若々し

仲代達矢さんが昭和七年生まれで、マユミンの一つ下とわかった。奥様の宮崎恭子さん逝きて久しい。でも、〈無名塾〉からは、つぎつぎと素晴らしい俳優が輩出する。仲代さんは、現在では毎日、健康のため広いお稽古場を丹念に掃除するのが日課という。「俳優座に落っこちた」と思って見にゆかなかったら、なんと名前があったのに気が付かなかったらしい。

ちょうどマユミンが玉川大学をやっと卒業。弟・加藤庸介が故郷岐阜県土岐郡《ごおり》笠原から東海中学、東海高校を出て、受験のため上京。いっしょに俳優座の『どん底』を見た記憶がある。

慶応二つ、マユミンの父、和夫も出た早稲田三つの学科全て合格だったが、「魅力的な新設の政経学部新聞学科」を希望。たった五十名だけの特別学科だった。「もう一つ受けなさい」と通達あり。「だいじょうぶだから、青山学院大を受けたと嘘をついて、これでステーキを食べよう！」とマユミンと庸介は企んだわ！

仲代達矢さんは、俳優座時代に『リチャード三世』も『ジュリアス・シーザー』も演じた。巡礼者ルカの『どん底』の「♬ひ〜るでも夜で〜も、牢屋は暗い」は、マユミンの愛唱歌！

7 赤チンみたいな名のマキロイ

二〇二二年マスターズの最終日

最終日。C・モリカワがバンカーからなんとダイレクトに、カップイン。ディフェンディング・チャンピオンの松山英樹も好技を見せたが、かなわず。まあ、こういうこともあるでしょう。日本人として未踏の〈マスターズ・チャンピオン〉に到達しただけでも、偉大な歴史の一場面をわれわれにもたらした功績は、尊い。

それにしても、あの難所を「アーメン・コーナー」と名付けたアメリカ人のウィットには脱帽！

月桂冠を手にするのは、シェフラーかモリカワか？　シェフラーが、あろうことかあるまいことか、最後のホールでやっと四打めに成功！　ハラハラした。貯金があって、よかったわ。

特筆すべき主催者側の言葉があった。優勝者を讃える前に、「今年のマスターズの祭典の結果を前に、申しあげることがあります！　それは、昨年、優賞を遂げた松山英樹さんの、今回のかげの力を讃えたいと思います」と。今回、機会を逸してなかなか最終日まで見ることがかなわなかったマユミンであるが、いったい松山英樹のプレイの、なにが主催者にそう言わしめたのか、知りたい！

そういえば、テレビ中継の最後に、日本人なら気にも留めなかったキャディの仕事。昨年の担当キャディの早藤さんが、最終ホールに向かって旗を立てたのち、丁寧に激闘のグリーンに向かって一礼したことを多くの人々がとりあげたこと、今年のＴＢＳテレビ中継でも再び披露されていた。

このさりげない習慣も賞賛に価するのか、ちっぽけな私の知る鳴海ゴルフ場でも、こんなことは当然である。これをしも、「日本人の美徳」と賞賛してくれたのに、かえって驚いた。

8　平幕最年長、玉鷲《たまわし》優勝をかざる秋

ただただ真面目に取り組んできた平幕の、それも三十七歳という玉鷲、二度目の優勝である。今まで、横綱らしからぬ、はてなと思える策を弄した力士の土俵には、すっきりしない何かを感じて、嫌だった。

全くのこの世界のシロウトで、何がわかるかと叱られそうだが、きょう奇しくも九十一歳になった老婆マユミンは、土俵上の怪しげなカンニング・ウエイで勝つ力士は、大きらい。「手をついて！」と行司の発声に従わぬ力士もきらいだ。玉鷲関は、これ見よがしの所がまったくなく、あざとい技もない。こういう力士が好きである。

真面目で、二児の父で、優勝記念の言葉にもいささかのケレン味が感じられない。お上手《じょうず》が下手《へた》な、でも土俵の上では地味に全力を尽くす。そんなお相撲さんが、この場所で陽の当たる力士となった。ただただ嬉しい。

9

ゴルビーと稲盛和夫さん逝く八月尽

「対話を中断してはいけない」

ゴルバチョフの言葉である。世界で最初の社会主義国ソビエト連邦が崩壊して三十一年。その立役者が亡くなった。こんな時期にこそ、プーチンの独裁にものを言ってほしかった。彼の両親は、ウクライナ出身という。

そして、戦後日本の経済を代表する経営者、あの「京都賞」創設者の稲盛和夫さんがご逝去。日本航空の再編成など、刮目の手腕。一九八四年創設の「京都賞」は、翌年から顕彰が始まった。臨済宗妙心寺派管長の名で出されるというのも嬉しい。マユミンは、妙心寺派の檀家代表の家に生まれたのだ。婚家は神道。

京都賞は、思想・芸術の分野で優れた業績を残した人に贈られる。その功績を讃え、京都賞メダル、ディプロマ、副賞一億円が贈呈される。イチロウさんは、偉大なるピエール・ブーレーズが受賞時の困難な来日を陰ながら応援できた。

10 ニトリレディースゴルフトーナメント
稲見萌寧《もね》が二連勝　めでたし萩ひらく

それにしても、現在の日本の姓名に意味なき漢字の遊びすぎには、苦言を呈したい。心が美しい子供になるように「ここみ」とは、びっくり。漢字を訓読みの半分をつかって、いくら何でも、漢字の意味とは無関係に、下手な喫茶店の名前みたいにしないでほしい。

それぞれ漢字には意味がある。そして、それを読みとるには、やはり常に古典を読むことに尽きる。

昔は素直な表現でよかった。たとえば「山本五十六《いそろく》元帥」は、きっと父上の五十六歳で生まれた子なんだわ、と微笑ましい。直木賞の直木三十五さんは、文藝春秋社の菊池寛社長の意向で、「植木」をあえて「直木」にしたという。明治・大正生まれのおばあさんは、「たね」とか「よね」とか、簡単だった。大正年間から、平民にそれまで許されなかった「子」をつけるのが解禁され、みんなこぞって「子」をつけた。

女子ゴルフの試合を見ていたら、稲見萌寧さんも、相当凝った名前である。画数がすごい。マユミンなぞは署名するのに時間がかからないが、萌寧さんなど、学生時代のテストを受けるのに、署名に余計な時間がかかって困るのではないかしら…。年寄りの、余計なお世話だけれど。

11 七十七歳、十歳の時の演技　母親役は原節子

鰐淵晴子さん『ノンちゃん雲に乗る』

二〇二二年九月十五日、〈徹子の部屋〉に登場の鰐淵晴子さん。娘の理沙さん孫二人。見事な成長ぶり。『ノンちゃん雲に乗る』では、玉川大学の級友で親友の孝子さんの父上、藤田進おじさまが、なんとノンちゃんのお父さん役。そのうえ、ノンちゃんの父上は、N響のヴァイオリン奏者。当時から「宮本金八のヴァイオリン、弓の名人は森信太郎」といわれたマユミンの下北沢の伯父のところへ、楽器のことでしばしば訪れては、家族のお話が出たという鰐淵賢舟さんであったらしい。

下北沢の伯父は、家出娘のマユミンの保証人であった。十歳のノンちゃんは、玉川学園の小学部生徒であった。ウィーン生まれの綺麗なおかあさまは、いつも学校に慣れるまで付き添っていらした。

マユミンは学生ながら、玉川の機関雑誌『全人』記者、『玉川百科大辞典』の編集者でもあったので、小原学長から直接の指示もすこぶる多かった。

あるときなど「このまま千葉の講演先まで乗りなさい。車の中で、今月号の巻頭言を仕上げよう」と、潟山さんの運転する車に乗り込むこともしばしば。口述筆記ができた時点で、マユミン、港区五反田の印刷所へ駆け込んで、お馴染みの、無理を聞いてもらえる植字の職長さんと校正を終わらせることもあった。

とはいえ、先生の文章変更やら全文改変も多く、講演先が東京近辺のどこになるかも、小原先生次第。大学の授業にはまったく出られないことも多かった。それもまた良し！ 出先で小原先生にゴチになるカレーライスも、当時の粗末な塾食堂のメニューに比べれば、とても美味しかったのだ。

12

野島稔先生逝かる　菜たね梅雨

悲しいお知らせが東京音楽大学から届いた。

多美が〝日本一のピアニスト〟と信奉する野島稔氏。先生のピアノを追って、多美と札幌の六花亭《ろっかてい》ホールへ飛んだこともある。かねて、おからだの不調のことは耳にしていた。

この上は、どうか安らかにお眠りください！

故・野島先生

アッシジの聖者の信者とは知らざり　懐かしし

まだ二人の娘が留学中のころ、かねて玉川学園のりんどう塾で写真を飾っていたアッシジの聖者のもとへ。娘たち三人でユーレイルパスの一等車で到着、ホテルに一泊した。

朝、たくさんの小鳥の声で目覚めた。やっと念願がかなったのだ！

日本人の神父さまが、ていねいにご案内くださった。その後、この方とは、随分長く文通した。

野島先生は赤坂の一郎さん宅に二度もおいで下さった。あのアッシジの得難い感激を先生にお話したかったのに…。今となっては、残念でならない。

在りし日の野島先生　偲《しの》びけり

二〇二二年六月五日、NHKEテレ〈クラシック音楽館〉で放送あり。

野島先生が四十歳の時に演奏されたN響との共演（一九八五年九月二十七日、NHKホール）の記録。プロコフィエフのピアノ協奏曲第二番（第三、第四楽章）、指揮＝マレク・ヤノフスキ、管弦楽＝NHK交響楽団。

若き日の、すばらしき演奏なり。

13

モナコの秋　一柳《いちやなぎ》先生の訃を聞けり

イチロウさんの大切な先輩大作曲家、一柳慧《とし》先生が亡くなられた。

私たち二宮ファミリーは、あの白夜のフィンランドへ同道させていただいた。さぞやご迷惑だったたであろうに。「野平くんは、ご家族が同行してくださって、幸せだねえ」とおっしゃっていただいた。

心から、お悔やみ申し上げます。

14

日本初の理学博士・その研究　たぐひ稀なりムラサキ草

黒田チカ女史（一八八四～一九六八）

旧制・東京女高師からわずかに一校だけ女子の受験が許された旧制・東北帝国大学へ。日本初の女性化学者。佐賀県生まれ、進歩的な父のもとに育つ。東北大の真島利行教授の許で「紫根《しこん》（ムラサキ草）」の色素の研究。日本女性初の理学博士。「去華《きょか》就実《しゅうじつ》」がモットー。

紫根の色素研究とは？　好奇心、湧いてきたわよ。調べてみよう。

下北沢の従姉妹の森節子が、あれまで尊敬の念をもち続けた恩師・黒田チカ博士の実像を知ることで、謎も解ける。はじめ「お酢の研究」と耳にしたのは、マユミンのあやまりらし。

15

ツイストとシェイクスピア　藤木孝追悼

ロカビリーからツイストへ。「夏裘冬扇《かきゅうとうせん》」（『週刊新潮』二〇二一年十月二十二日菊見月増大号）に、ご尊敬申し上げている片山杜秀《もりひで》さんが藤木孝について書いてくださった。泣けるほど嬉しかった。

人気絶頂のとき、唐突に歌手を引退し、俳優に転じる。目標は新劇。文学座、劇団「欅」、劇団「昴」の結成に参加。指導者は、福田恒存。福田の理想を表現できる舞台。「ツイストNo. 1」に聞くソリッドでクリアで超特急なみの歌いっぷりは、福田の理想と一直線につながる。

八九年に藤木が主演した劇団「昴」の『リチャード三世』の舞台が忘れられない。リチャード三世は足が不自由という設定だが、藤木の足の引きずり方はすごかった。一方、詭弁を弄しまくる主役の膨大な台詞は、疾風のように溢れ続けた。詭弁だろうが怒濤のようにしゃべり続け、もう駄目とわかっても未練たっぷりに足掻く。それがにんげんだ！　それが人間だ！　福田なら、これが本物の近代と呼ぶだろう。藤木には、もっとしぶとく強《したた》かに生きて貰い、試行錯誤に満ちた言葉の洪水を吐き続けて欲しかった。合掌。

実は私にとって、藤木孝の姉、遠藤悦子ちゃんは、昭和二十六年、母に背いて玉川学園のりんどう塾にたどりついたときに温かく迎えてくれ、十四万坪に及ぶ学園の緑濃い木立の中で写真までとってくれた中学部生だった。

その女子塾、りんどう塾には、よく小学部生の遠藤与士彦（のちの藤木孝）君が来て「お姉さ〜ん。お小遣いちょうだ〜い」と叫んでいたのを思い出す。

クリスマスには、オペレッタ『マッチ売りの少女』をみんなで考えて、少年歌手でもう有名だった〈坊や〉の与士彦くんを舞台にのせた。私マユミンは、オペラ『ルル』みたいに衣装係を買って出た。

16 清原PL学園伝説 五月十九日（TV）

・プロ入り前日に、悪所にさそわれた。ウソですか？
・美佐とサンドラ、〈アラモアナ・ショッピングセンター〉のエレベータに同乗。いとおかし。
・バーで、ひと晩に五〇〇万円使った伝説、ウソじゃないかも。
・「桑田はチビで僕の胸くらいの背丈」。彼に対するいたずらも、規格外！
・後輩たちの高給にビックリ。野茂投手に驚く。阪神球団に入った球児たちの俸給の桁外れの高額に驚いた！
・芦屋の高級住宅街、彼の豪邸の立派なガレージに激突！ 清原は猛烈なスピードでぶつかっていったが、厚い扉に車ごと、見事にはじき飛ばされた！ とか。
・「このコロナ菌防止の仕切りガラスだけど、ここに丸い穴の声出し部分があれば、さながら留置所の面会ですね！」

…アハ・ハ、あっぱれ！

17

寂しきは『焼《ヤ》キ場《バ》ノカヘリ』梅雨しげく

日曜日。テレビ東京〈開運！なんでも鑑定団〉を見た。珍しく熊谷守一《くまがいもりかず》の優しい陶製の花瓶に彼らしい素敵な〝彼岸花〟の銘のついた、のびのびとした作品で、二百万円の値がついた。

わたくしマユミンは宇佐見魚目《ぎょもく》先生に四十年にわたって書道と俳句をお習いしたのだが、ある日、先生のお宅の稽古場にあった画集で、この熊谷守一の『焼キ場ノカヘリ』の絵を見て、激しく心を打たれた。彼の幼い長女・萬の白い骨壺をかかえた、家族の姿であった。

宇佐美先生は、画家の目を持つ俳人にして、その内外の書家の足跡を存分に追求、研究なさる、まさに尊敬に値する立派な書道家であった。晩年は、朝日新聞社が昭和の初期につくった中部地方の財界人の集まり〈ＡＢＣ倶楽部〉の俳句部門主宰に、橋本鶏二《けいじ》氏のあとを襲っておつきになった。

先生から「ホノルルから、女性がおひとり入会されますよ」と予告あり。皆さん、てっきり美しい白人女性がお出ましかと期待していたら、「孫のサンドラが生まれて一ヶ月たって帰国のマユミンだった」と、皆さんから言われた。ご期待に反して、どうもすみません。アハ・ハ。

朝日新聞社ビルでの月例句会が終わると、住まいの近いマユミンがいつも緑区鳴海町文木のお宅まで、国道一号線をVOLVOの下手な運転でお送りした。車中のとりとめのない、よしなしごとの会話の、なんと愉しかったことか！

熊谷守一（一八八〇〜一九七七）画伯は、私と同じ岐阜県の、中津川市付知《つけち》町のご出身。富裕層の出身ながら、官立・上野美術学校の就学途上、家業が倒産。極端な芸術家気質で貧乏生活をおくり、〝画壇の仙人〟と呼ばれた。二科展ひとすじで、晩年、勲三等、文化勲章授与の機運があったけれど、いずれも辞退なさった。

晩年のお姿、山崎努（モリ役）と樹木希林（その妻）演じる映画『モリのいる場所』が心に沁みる。

18

多治見橋畔のレコード屋懐かしき十四歳

原智恵子とG・カサドの遺品、玉川大学教育記念館へ

空襲が激しくなった名古屋を避けて、私が岐阜県立多治見高女へ入ったのは、太平洋戦争末期の昭和十八年だった。敗戦の気配が忍び寄る時節ながら、本屋もレコード屋も復活。そこにはいつも顔を合わせる下級生のノッポがいた。

同じクラシック音楽好きどうしで、名古屋で催されるコンサート情報など、交換した。マユミン背丈一二四センチ。ノッポこと林伊久枝はすでに一六〇センチの長身。どうみてもアンバランスだが、妙に気があった。

レコード屋のオバさんが、戦前から掲げていた旧い演奏家の写真を下ろしながら言った。

「カトウさん、欲しかったら、あげましょうか?」

「え〜っ?　ほしい!」

これが、若き日のガスパール・カサドだった。

のちにノッポの結婚した野田貴三郎は、期せずしてマユミンの長兄・結核で十八歳で早逝した加藤宰輔と同級、のちの経済小説作家、城山三郎もクラスメートで、笠原の家まで遊びに来てくれた。本名・杉浦英治くん。

玉川大学の『全人』誌にショパン・コンクール、日本人初出場（一九三七年、特別聴衆賞！）の天才ピアニスト原智恵子とG・カサドの、貴重な楽譜や書籍の寄贈の告知が載ったことは、マユミンもかつて『全人』編集者でもあったから、とうぜん知っていた。

三十数年前、縁あってイチロウさんと長女の多美がパリで結婚。その後、たびたびパリと美佐の学ぶイギリス王立音楽院との〝二都物語〟生活を愉しんだマユミンは、イチロウさんからこんな話を耳にした。

ガスパール・カサド・チェロ国際コンクールに、イチロウさんは友人のチェリストの某さんからコンクールの伴奏を依頼された。なのに、あろうことか、彼らは演奏曲目を間違ってしまい、その機会を失った…。原智恵子さんに助け船を頼みに行ったが、けんもほろろ。

原智恵子さんは、かの著名なイタリア料理の〈キャンティ〉創業者川添浩史さんとの最初の結婚でもうけたお二人のご子息があって、あの美味しい〈キャンティ〉の今は、そのお孫さんの代らしい。ホッピー・ミーナさんのお招きにあずかって、美味しい体験もたびたび！

19

帰国して『相棒』でシアンピ夫人出演

彼女の随筆『ベラルーシの林檎』見る 奇しき符合の秋

昨日、東京に帰ってテレビをつけたら、古いテレビ番組の『相棒』で、なんとイヴ・シアンピ映画監督夫人の、岸恵子さんがゲスト。懐かしい。帰国後の疲れもよそに、しっかり見てから眠ったわ。

なぜ、シアンピ夫人の『ベラルーシの林檎』の岸さんが気になったか。

実は、多美のパリ国立高等音楽院入学願望には、歴史があるのだ。

名古屋の松岡先生の長女の松岡三恵さんは、桐朋学園音大の、たぶん第一期生で、パリ国立高等音楽院は、中学生の頃から多美のターゲットであった。二十歳の「振袖とパリ旅行と、どちらを選ぶの？」というマユミンの問いかけは、功を奏して現在の多美となった。そして、三恵さまのパリ音楽院の最初の教師が、シアンピ映画監督のご兄弟であった。ここで、マユミンの言いたいことは、やっと符合する。やれやれ！

20 〈スズキ・ヴァイオリンの歩み〉嬉しき皐月そら

鈴木政吉と森信太郎と

マユミンの伯母、加藤しげが嫁した名古屋の森信太郎は、はじめ、和楽器の三味線から始まる苦難のヴァイオリン誕生物語の一端をになう人物である。

鈴木政吉がイギリスから輸入したブラジル材の〈フェルナンブーコ〉を知るにいたる。ヴァイオリンは、楽弓がふさわしく良質な音質を表現できるものでないと演奏が成り立たないほど重要なものであることを、みずから多くの経験を経て会得したという。

戦後、洋画『魔法の楽弓』なる映画を見たマユミンと、例の金城女子短大のいとこの、めんどくさい玲子とは、すでに知識を得ていたので、理解が早かった。

鈴木政吉のヴァイオリン製作が徐々に進歩して、ますますよい楽器になるにしたがって、彼は東京進出をはかるとともに、その需要もふえた。森信太郎も、ともに東京へ工房を移した。京王井の頭線と小田急線が交叉する下北沢である。

戦時中は、東京藝大の前身、上野の東京音楽学校と、私立の東京音大の前身、東洋音楽学校、その他、国立音楽学校、武蔵野音楽学校があった。戦後のニッポンの文化復興はめざましいものがあった。ハイフェッツやオイストラフ、メニューインらが演奏前後の修理や調整を頼みに、森信太郎の工房へ訪れた。

21 宇賀神《うがじん》てふ 旧き思い出よみがえる

二〇二〇年四月二十六日朝、TBSテレビに宇賀神アナの雑誌の表紙とグラビア掲載がおもしろおかしく報じられた。マユミン七十数年まえに決死の家出事件を支えてくれた、東京・世田谷区、下北沢の伯父宅でよく聴くお名前だった。

マユミンの伯父は名古屋生まれで、ヴァイオリンの最初の弓作りの名人ともいわれた森信太郎である。その妻がマユミンの岐阜県土岐郡笠原町生まれの伯母の加藤しげ。マユミンの父の姉。当時、名古屋から出発したヴァイオリンのメッカともいえる〈SUZUKI Violin コーポレーション〉発祥の地である。

私が玉川大学で小原國芳先生の豊かな温情に包まれて出版部と学業の両立をはじめたきっかけは、実は当時、横浜国立大学の教授だったいとこの森毅が、「マアちゃん。せっかくあなたも裘《きゅう》を背負って玉川大学へ入る決心をしたんだから、うちで保証人になって応援するよ」といってくれた。

早くも田舎の母から「すぐに真弓を返してほしい！」と電話があったが、マユミンに加勢してくれたらしい。

玉川大学出版部の当時の編集長がある日、私に訊く。

「加藤くん。今の日本のクラシック音楽界を支える、大正以来のヴァイオリン造りの名人は、誰だか知ってるかい？」

即座に答えたわ。

「ヴァイオリンは宮本金八で、弓は森信太郎でしょ？」

「どうして知ってるんかい」

「だって、弓のマイスターといわれているのは、私の伯父ですもの」

従姉妹の節子は、お茶の水女高師の化学科の学生で、当時、紫根の色素の研究に没頭されていた女性化学者の黒田チカ教授を、とっても尊敬していた。

この下北沢の家へ行くと、ピアノの天才、田中希代子さんと弟さん（千香士）のお父様もよくいらしてた。田中伸道（千香士）さんには、国立音大で多美もかわいがって頂いた。当時、映画『ノンちゃん雲に乗る』のノンちゃんのパパの鰐淵賢舟さんも、よくいらした。映画のノンちゃんの父上役はクラスメイトの藤田孝子さんの父上、藤田進さんだし、幼いノンちゃんも玉川っ子で、よくドイツ人のお母様がついて来られる姿をマユミンは見た。

あの頃、ヴァイオリンの弓の材料で入手困難な〈フェルナンブーコ〉という南洋材が、伯父の手元に豊富にあって、仕事部屋の天井に、弓の形に切った貴重な材料が沢山、乾燥させてあった。

宇賀神さんという方は、多美によれば、先般の〈東京・春・音楽祭〉にも出演なさったN響の首席ファゴット奏者、宇賀神広宣《ひろのり》氏もおられる。

22

東大生が今期待する一人に妹島和世《せじまかずよ》氏ありと

世界で活躍の建築家とは知らざりき。

ホッピービバレッジ社長のミーナさんが、あの犬島につくった建物のお仕事の建築家が、いまやグローバルに評価される海外の建築作品あまたという。マユミンの不明を羞じるばかりなり。

せじま・かずよ氏（一九五六年十月二十九日生まれ。六十五歳）日本女子大卒。建築界のノーベル賞ともいわれるプリッカー賞受賞。ウィーン応用芸術大学、ミラノ工科大学教授。大阪芸術大学の新学科アートサイエンス学科新校舎（二〇一八年）。金沢二十一世紀美術館（二〇〇四年）等、目白押し。

ちなみに映画『アニー・リーボヴィッツ　レンズの向こうの人生』あり。

スキという人には和声を習っておられた。そして、自分の求めていたものがフランス音楽にあるということが次第に自覚されてきた…と、この本にある。

イチロウさんの父上が、開成中学の先輩の池内教授に、イチロウさんの進路をご相談なさって、深いご縁ができたという。一九七三年、ピアニストの遠藤郁子氏と再婚。イチロウさんとずっとあとに結婚する多美はパリからの帰国後、おひとり暮らしの池内友次郎先生からよくお電話があって、お伺いしたらしい。

「多美ちゃん、ここの一階に美味しいステーキやがあるんだよ。今度、ご馳走しよう」

「多美ちゃん、いつも美味しいお弁当をありがとう」

などと、お寂しい現状にいささかのお手伝いができたらしいのが嬉しい。

一九七三年三月、東京藝術大学学長事務代行。七四年、藝大を定年退職。藝大名誉教授となる。七七年秋の叙勲に勲三等旭日中綬章。八六年、文化功労章。フランス政府からは、レジオンドヌール勲章オフィシエ章を受章。

九一年三月、書斎の机にうつぶせになって、お亡くなりになっていたという。合掌。

24

『ノンちゃん雲に乗る』に秘話あり秋深む

久しぶりに、クラスメートで一歳年下の親友・藤田孝子さんに電話した。相変わらず元気で、よかった。

『『ノンちゃん雲に乗る』が最近話題になって、〈徹子の部屋〉に鰐淵晴子さんがお嬢さんと出たのよ…」

あの頃はマユミンも若かった。みんな玉川学園の生徒や大学生であった。

撮影当時の、貴重なお話を聞いた。

「父、藤田進はあの九州弁のままで通したけれど、監督から何の修正もなく、かえってあのままが効果的と思ったのかな…」と、藤田のおじさまは言っていらしたという。

鰐淵晴子さんはヴァイオリニスト鰐淵賢舟さんのお嬢さま。私はよく幼い晴子さんにつきそって学園までついていらしたきれいな外国人のお母様を見かけた。

宮沢金八に並ぶ楽弓の名人とも言われた、森信太郎が伯父だった私は、伯父が住む家によく来訪された晴子さんの父上のことのほうが詳しいのだ。

森信太郎は、名古屋時代からの鈴木ヴァイオリンの初代名人と言われた人。伯母が私の父の実の姉である。〈ちょい悪従姉妹の玲子〉の叔母。あの頃、下北沢の、元子ども部屋だった離れで、森信太郎は当時貴重な南洋の輸入木材、フェルナンブーコを原型に近く切って、天井に山のように並べて乾燥してあったのが目について、興味を持った。

子どもらは後を継がず、長男・森弘毅は横浜国立大学の教授、長女の節子は、お茶の水女子大の黒田チカ教授の弟子となった。

25 逝く秋や ふと耳に亡夫の「第一体操信仰」よ

イチロウさんもいたかしら…。

マー・ライオンのシンガポールだったか、朝の六時頃、私たち二宮ファミリーが泊まっている高層のヒルトンホテルの部屋まで、日本のNHKの〈ラジオ体操・第一！〉の音が、かすかに聞こえてきた。

まだまだ元気で、それまで海外旅行など興味なく、せいぜい近くの旅行くらいに参加していた今は亡き夫が突如、ガバッと起きて、その音楽に合わせて体操をしはじめた。

呆気に取られた私は、「ははーん」と納得。

そういえば、トヨタに近い刈谷に工場を新設した夫は、子ども時代の習慣で夏休みのラジオ体操には、早起きも厭わず参加していたという。自分の会社のお昼の〈NHK体操〉には、女子社員も参加させて、みんなでやっていたのを思いだす。

ここシンガポールにたまたま工事中の日本の企業が、自国にいる時と同じ体制で、朝の体操をまじめに現地の人にもやらせているのかも。

わたくしマユミンは、うっかり生きているうちに、何と九十一歳を迎えてしまった今も、外国好きは変わらず、今年になってウィーンのニューイヤー・コンサートと、モナコ公国にも行けちゃった。幸運な老婆である。

ついでに、ベッドの端に腰を下ろして、年寄り向けの無理のない「第一体操」をやってみた。思いのほか爽快感あり。これからも、やってみようかしら。

26

リトミックはじめし成城学園のこと

玉川学園をつくる前、小原國芳先生初期の成城学園主事の時代に、先生はリトミックの重要性を知り、小林宗作《そうさく》氏をダルクローズのもとへ派遣した。国立《くにたち》音大でも重要視され、附属幼稚園に導入、小林氏が指導した。リトミック初期の教室は、成城学園時代は、なんと小原先生のお茶の間だったらしい。

私の〈俳句エッセイ〉『ヘルシンキの白い夜』に徳丸先生が序文を寄せて下さった。「真弓さんの作品には、蓄積された交友や経験が、ある現場に突如として現れるという面白さがある。読む者も、自分の経験をそこに結びつける」

そう書いて下さった音楽学の徳丸吉彦先生が、日比谷高校から東大へ進む前の幼年時代のピアノの先生は、小林福子先生と伺った。福子先生は、桐朋学園の前身の「子供の音楽教室」の創設に加わった作曲家である。

27
「♬船坂山《ふなさかやま》や杉坂と〜 御《み》あと慕ひて〜 院の庄《しょう》」

今から五十年前のこと。まだ多美と美佐が小学生の頃である。神戸三宮の昵懇《じっこん》の家に泊まった二宮ファミリーは、三田を経て中国道をまっしぐら！まだ、高速道路はできていない。

いよいよマユミンの運転はなめらか。ここ岡山県を通過中。思い出したくもない、不愉快な出来事をつい思い出す。わが小学生時代に教えられた文部省唱歌のうち、記憶にはっきりのこる『児島高徳《こじまたかのり》』（尋常小学唱歌第六学年用）がある。

船坂山《ふなさかやま》や杉坂と
御《み》あと慕ひて院の庄《しょう》、
微衷《びちゅう》をいかで聞《きこ》えんと、
櫻の幹《みき》に十字の詩。

「天勾践《こうせん》を空《むな》しうする莫《なか》れ。
時范蠡《はんれい》無きにしも非《あら》ず。」

この歌でいやな思い出がある。笠原第一小学校のマユミンの母、美代子の言動…。あの頃は教員不足で、大東亜戦争に徴兵を免れた十八〜九歳の代用教員の女性教師が、教えてくれた歌がある。しかるに、あろうことかあるまいことか、その歌詞に重大なあやまりがあったのだ。

「マユミ、先生にすぐ言いなさい。あなたたちは『てんこう、せんをむなしゅうするなかれ、ときにはんれいなきにしもあらず』と習ったと言ったわね。それは間違いです。天、で一旦切って、勾践を、とつづくのが正しい！　あなたの先生は、間違っているから、すぐ電話します」

「やめてよ、やめて！」

この女性教師は、若さのゆえに基礎教養の不足から、間違ってしまった。「天」は帝《みかど》の後醍醐天皇をさす。

「ときに范蠡（帝に遣えた中国の忠臣）なきにしもあらず、なのよ！」

またまた大変なことになった。マユミンの心労、ふえるばかり。この忠臣は、児島高徳である。「♬桜の幹に〜十字の〜詩」。運動会にも登場した。漢詩の部分は、六年生の兄たちが木刀をふりかざして静かに演舞した。

のちになって、玉川大学で晩年を過ごされた朝永振一郎博士の父上、京都哲学の朝永三十郎先生の七回忌の記念誌の編集を、小原園長先生から、不肖マユミンがおおせつかった。結婚直前の思い出深い記憶がある。國芳先生を諸星洪さんの遺著『玉川のおやじ——弟子の見たる小原先生』（玉川大学出版部）から「おやじ」「オヤジ」と呼ぶ男子生徒も多かったが、マユミンは嫌だった。

朝永三十郎博士のすばらしいお弟子さん、三井浩教授からは、大学二年の頃、ギリシャ語とラテン語の初歩をお習いした。ラテン語には呼格（Vocative）があって、「主よ！いずこへいらっしゃいますか」が、あの著名な「クオ・ヴァディス ドミネ！」である。だから、この漢詩も「みかどよ、あなたには勾践という立派な忠臣がいるではありませんか。あの弟子の思いをムダになさってはいけませぬ」となる。

ともあれ、マユミンの母はいま直ちに小学校へ電話をかけて、誤りを正すという勢い。マユミン、必死にそれを阻止したのは、いうまでもない…。

いやはや、めんどうくさい母であった！

母・加藤美代子のこと

亡くなる五十日ほど前までは、庭いじりの好きな故人が手入れを怠らなかった甲斐あって、奇しくも自分のお弔いの日に花盛りを迎えることが出来たのも、不思議です。宝塚歌劇が大好きで、女学校へ提出する仮病の欠席届は、自分で書いたといいます。亡くなる二週間前、生まれ故郷の神戸市葺合《ふきあい》区の江津おばさまに逢いたいというので、おみ足が悪い中、わざわざいまは多治見市笠原町になった我が家に来てくださったときも、「初めてのタカラヅカは、美代子姉さんに連れて行ってもろたんやったねえ」と母に話かけてくださった。

神戸港の水深が横浜港より深いということもあって、チャップリンもミッシャ・エルマンも神戸港に着いた。会場は聚楽館《しゅうらっかん》ホールだったのが、ご自慢だった。ヴァイオリンの名手、エルマンの一九一二年の来日。

母とマユミンの間の長いわだかまりは、それはそれとして消すわけにはいきません。

しかし、よくよく考えてみれば、十六歳で家出まで思い詰めた我が人生、このきっかけがかえって良い結果を得る転機となったようです。そう、結論づけることにしましょう。

わが弟、読売テレビの報道部に勤務した加藤庸介が、京都の南座へ親孝行で招待してくれたのも、とても嬉しかったようです。友人に「庸介がグリーン車の乗車券を送ってくれて」「私は都会育ちやから、八十六歳になっても東京や大阪くらいはひとりで行ける」のがご自慢でした。多治見駅から特急「しなの号」に乗り換えなしで大阪着。庸介の嫁のるいさんに迎えてもらうのでした。他界する僅か六ヶ月前のことでした。

亡くなって一週間ほどあとのこと。多治見の紅葉屋《もみじや》石膏会社のおばさまより、お電話あり。母の他界をお知らせすると、とても残念がって下さいました。虫が知らせたのでしょうか。この方も、名古屋の受験校・東海中学へご子息が入ったのが笠原の三人組と同時期で、その上ご主人とうちの父が、名古屋CAの同級生でした。

紅葉屋のおばさまは、母のことを「結城紬《ゆうきつむぎ》の似合う方で、綴れ織の帯は少し下めにゆったりと締め、それはそれは才気に満ちた方でした」と、過分のお言葉をいただきました。名古屋の東海中学・父兄会のあとには、楽しい母親同士の集いがあったといいます。

pause 3　あぶらの効用！いろいろ

たった一杯のオメガ3。美肌、踵のひび割れが全快。一日一杯の油を飲む、オメガ3。皮膚代謝の高揚。イワシ、オメガ6。エゴマ油・アマニ油。高脂肪酸はダメ。オリーブ3とオメガ6。二つのバランス、2対1。

［コトリンキー］オメガ3のいいところは？　あまに豚の漏水。

PART 4

2022年　モノローグ

1　玄冬や　なす術《すべ》はただ叩くパソコン

コロナ禍新種出現。いっこうに衰えを見せず蟄居が続くこの頃、よしなしごとをば綴るだけの一日なり。けれども、この日々の過ごし方、マユミンそんなに嫌いではないこと、発見す。

お腹がすいたら　手脚の麻痺でおぼつかない料理をつくり、昔の母の得意料理やら、外つ国で出逢ったレシピを真似する。そして、まだまだこの年までに読もうとして買い求めたものの、難解にして放り投げた数多の書籍も、人待ち顔なのだ。あれもこれも読んで死にたい。

もしかして、こんな晩年を人は「しあわせ」と呼ぶのかしら。テレビを見たりCDを聴くのも、この頃まことにおもしろい。ただ、子どもの頃から、お部屋の片付けは、不得手。いくらお掃除に来てもらっても、パソコンに向かって、ふと参考の本を探したりすると、たちまち周囲はごちゃごちゃになってしまう。片付けが嫌い。いや、できない！　この習性は、最近とみに顕著となって、恥ずかしい。わがままな、いまどき稀少珍種の、九十歳の老婆である。

2

留守中に　お心ばせの〈啓翁桜《けいおうざくら》〉届く

かたじけな！〈とらや〉の羊羹、御題「光さす」まで添えて！

品川文化振興事業団館長の鳥山玲さまより、ウィーン旅行中にお正月にひらく小さな桜の花ながら枝ごとの、生きている大東の贈り物が届いた。

ヴァイオリンの漆原啓子ちゃんのお母様、良子さまがプレゼントして下さったスオミ（フィンランド）の大きな湖水のかたちの花瓶にぴったりで、早速活《い》けてお部屋が明るくなった。お心ばせの今年の干支にちなんだ〈とらや〉の御題「光さす」羊羹も添えて。早速、お抹茶で新年の簡易お茶席を催そう。

今年の春は、オミクロン型進捗化などのひろがりもあって、コロナ禍はいよいよ勢いを増し、グローバルに広がってしまった。

3

国連安保理の機能不全やドクダミの花

ロシアと中国の横暴な論理に縛られる国連！　ウクライナ大統領の「この戦争の着地点を見いだす。欧米諸国の支援を受けながら…」

ロシアの無法軍事侵攻で
あわれなり　世界の政治概念　破壊さる

ウクライナ軍はロシアに降伏しない！　徹底交戦をしめす。ウクライナ市民、四五〇万人移動。復活祭にあたり、ローマ法王の厳しい御言葉――「時代錯誤の権力者が戦争を引き起こしている」。

日本の安全保障は？　ウクライナ危機によりいっそう難関に。

防衛費とは、研究開発費に充てれば、アメリカから高い武器を売りつけられることもなく、自発的に防衛対策を開発すべき。

4

「ロシアの日」で団結 勝利の既成化 あだ花咲く

弱点かいま見えたT―14アルマータ等、近代化された兵器みあたらず。

〈ロシア戦勝記念日〉アピールできたか？　ぎもん。

情報操作しきり。捕虜のパレード。うわさあれども、すべて控え気味。

ロシア軍の苦戦、かいま見ゆ。

製鉄所の攻撃再開は、われわれの神経、サカなで行為。

予想に反して、おわりの見えぬ戦い。

攻撃三題のおきて。今のところ、聞く耳を持たないプーチン側。ローマ教皇が苦言を呈したにもかかわらず…。

裏千家いえもと、献茶会でウクライナ支援、「人道支援に少しでも関わることができて、嬉しい」と。

5　イチロウさんと多美（オルレアンとパリより）羽田着との報ありぬ

二〇二二年四月十四日、午後七時。

これからPCR検査とか。なんと、パリよりロシア上空を避けて、二十四時間の滞空時間。でも、ぶじに帰国できただけでも感謝なり。ご苦労さま！

テレビで緊迫するウクライナ情報を見ていたら、マユミンたち、今年正月のウィーンから帰国の際に、書類の不備を言われて、一旦、大雪降り積もるフィンランドのヘルシンキに一泊。ヒルトン・ホテル。でも、翌日なんとか帰国できたのも、僥倖というべきか。しかし、成田では四日間の〈毒消し〉ステイ。でも、マユミンは三食つきで部屋から一歩も出ないで、本だけ読んでいるのも、嫌いではない。典型的怠け者なのだ！　トイレもお風呂もあるし。

ロシア隣国フィンランドがNATO北大西洋条約機構加盟に意欲ある国で、多美とマユミンは〈JALエア・ライン〉だったため、余計な危険な隣国、フィンランドのヘルシンキに乗継ぎ足止めされたのだ。平和な〈♬森と泉に、囲まれ〉たフィンランドへ、イチロウさんにくっついて、数年まえ、いつもの二宮ファミリーでのんきにも、大作曲家の一柳慧先生に同道したのも、いま思うと、懐かしい記憶ばかりである。

あ、それに〈フィン・エア〉に乗り換えると、ガラガラに空いた完全に寝られるシートで、お食事の器も〈マリメッコ〉尽しなのだ。手元グッズも、目隠しもデザインが素敵！　ザリガニとトナカイのスープはご免だけれど、概してお食事がおいしい。アハ・ハ！

プーチン体制下の今だったらと、ぞっとする。思えば、これまでの外国行きは、すべて貴重な体験だったなあ。危険と隣り合わせの、冒険好きでハチャメチャな、現在九十歳老婆の、しみじみ、幸運な一生のマユミンである。感謝にたえない！

6　薄ら寒　けふは雨らし〈ニクの日〉てふ

二〇二二年四月二十九日なので、語呂合わせ。きょうから、いよいよゴールデン・ウイークに入ってしまった！

ウクライナ事情も予断を許さぬ状況であるし、プーチン大統領は、あいかわらず強気で人道無視の姿勢は強まるばかり！

こんな国内外の危機に、日本政府は事実上あらゆる制御をオープンにしてしまって、よいものかしら？　老女、ここまで何とかがんばったのに、もし、いま、遅がけのコロナの新型ウイルスをあびてはと、外出はお医者さま以外、きつく自制の日々である。

な〜んて、ワクチンも三度、その他すべてのPCR検査を済ませていたからこそ、こっそり、いや、晴れて〈ウィーンのニューイヤー・コンサート〉にも行けたし、大好きなバレンボイムの指揮も間近に味わったし。これ以上の卆寿老婆の幸せは、望むべくもない。

孫や娘たちや、優しいお婿さん、野平一郎さんのおはからいで、去年、念願の東京移住を果たした。ここ東京・目黒区の福祉ゾーンのみなさまにも、感謝あるのみ。十二年前の名古屋の自宅階段落下による、第七頚髄損傷から、近年、四肢の硬直化が進んで、普通の執筆が不可能になった。

しかし、大学出版部で編集記者の仕事八年の経験以来、〈俳句エッセイ〉の執筆に活路をみいだして、十年前に娘が「呆け防止」に与えてくれた、リンゴじるしのパソコンで、毎年一冊、現在、十九冊め〈俳句エッセイ〉『追想のロンド』、二十冊めの〈俳句エッセイ〉『卆寿のバラード』を、老舗・春秋社から出版させて頂くことが出来た。

けれど、まだまだ欲が出て、なんとあれでおしまいのはずの二十巻を通り越して、いま、二十一巻めに筆を、いやパソコンのマウスを進めているところ。欲張り老婆を、どうぞ笑って下さい。

7

静岡の天竜浜名湖鉄道てふ　鰻弁当おいしけれ

きょうから「ゴールデン・ウィーク！」と世間がかしましい。

ぼんやりＮＨＫテレビを見てたら、漫才の〈サンドウィッチマン〉ふたりの司会で、地方のまだ頑張っているミニ鉄道の美味しいお弁当が紹介されていた。

おいしそうな、じか焼きのうなぎ弁当。ＮＨＫのスタジオに届いたお弁当は、古新聞紙で包んである。

「このほうが冷めないらしいですよ」

かえりみれば、マユミン幼い頃の食べ物の思い出もそうだった。

仲良しだった〈一癖《ひとくせ》あり従姉妹《いとこ》〉の玲子とよく思い出していたのが、新聞紙で包んだ、郷里岐阜県笠原町の、通称〝カクテル屋のおやつ〟。美濃の田舎では、夏に食べるアイス・キャンディのことを「アイス・カクテル」と呼び、冬に食べるお好み焼きふうの粗末な焼き物を「ごっつおう焼き」（ご馳走焼き）と呼んだ。

陶土の出る山つづきの、亡夫・二宮平の、そして十九歳の将棋・五冠王の藤井聡太棋聖を生んだ愛知県瀬戸市でも、昔はこの呼び方であった。その「ごっつおう焼き」も、何だか小さく切った、懐かしい匂いの古新聞紙に包まれてわたされるのだった！

こんな思い出を親しい友人に話したら、気取りやの彼女からは、軽蔑されたっけ…。

8 「手をついて」に知らんぷり どくだみの花

お相撲が始まった！

細かいようだが、マユミン、許せない。行司が「手をついて！」という。規則どおりに手をつかずに戦えば、やはりそれだけ有利だが、男性として、勝負師として恥ずかしくないかしら？ 明らかに、カニング・ウエイでしょ。

ご贔屓の貴景勝《たかけいしょう》、苦手の逸ノ城《いちのじょう》を崩しにゆくが…。うまくいかない。

「これ以上かかってゆくと、電気が走る、という最近の決定的弱点があるのか？ 初めっから、自信の感じられない泣きっ面。情けない。この二、三場所…」と、解説者が言う。

この人が横綱になってくれないと、マユミン、あの世へ行けないじゃありませんか。

霧馬山《きりばやま》、小兵ながら鋭い動きですばらしい。これからが楽しみ。霧馬山と横綱・照ノ富士戦。やっと横綱が勝つ。でも、よく動いた。二人は同じ飛行機に乗ってきたモンゴル人同士であるらしい。最初から、体格の大きな違い。

マユミン、角界にもいろいろ心配ごとばかり。でも、日本の国技であるお相撲の世界で、あの約束を守らない横綱がやっといなくなって、すっきりした土俵である。朝青龍のときも、目にあまる行動が多かった、素人目にも。ジョージアとかモンゴルとか、ハワイとか国技である相撲に人材不足がもたらされ、今のかたちとなったのは仕方がない。けれど、ひと財産稼いだら母国で、という意図がありありの存在には、敢然と臨みたい。

9

ワクチン接種おえ　テレビで意外なニュースきく

のんびりした日曜日。大関昇進の御嶽海《みたけうみ》、なんと長野県での優勝力士は、意外にもかの雷電以来という。

昨秋、玉村豊男さんの『ロンドン 旅の雑学ノート』『パリ 旅の雑学ノート』『パリ 旅の雑学ノート二冊目』をたずさえて、親友佳代さまに〈ヴィラデスト・ワイナリー〉へ連れてっていただいた。

昔、私がＪＴＢの機関誌『旅』の懸賞エッセイに応募、運よく「ヨーロッパ二週間の旅行記」が佳作入賞したことがあった。ときの審査員だった玉村さんのご推奨があったのではないか、なんて勝手に思っていた。お忙しい中、レストランの担当のかたが、その三冊に貴重なサインをもらってくださった。嬉しい！

なお、応募作品「シャトレ座の天井桟敷にて」（一九八四年）は、わが〈俳句エッセイ〉『シャンボール城の火吹き蜥蜴』（二〇一〇年出版）に、許可を得て再録した。

とびっきり美味しいレストランのお料理をあじわい、玉村豊男ワイナリーと葡萄畑、広いひろい魅力的なファームを見せて頂いた。そのとき、発行・昭和五十三年三月十一日・ダイヤモンド社刊のこの三冊は、私の生涯の生き方の原動力となったのだ。

その帰途、目に留まった道の駅に大きな「雷電くるみの里」という幟が立っていたのだ。二百年ぶりとか。御嶽海さん、おめでとう！

10

四回目ワクチン接種了《お》へ　寒極む

老齢も九十歳のマユミン。早く四回目ワクチン接種をと機会を待っていた。目黒区の接種場所に決められた目黒防災センターまで、多美の思いやりでタクシーに待ってもらい、無事帰宅した。

さすが老齢ばかりの会場で、おもしろかったこと。ボランティアの方々の協力で、とてもスムーズな運びで感心した。

あるお婆さん、「私、もうワクチン、済んだのかしら？　心配だわ。すみません、ちょっと見て下さる？」

係員、「お婆さん、大丈夫ですよ。あとの絆創膏もありますよ」「この席であとの静座時間をすごして頂くのは、接種した方だけですから、だいじょうぶですよ」

でも、まだこの方の懸念はぬぐえないらしい。

マユミン、打ってもらい易いように下着は半袖で、上着も温かい前割りのカーディガンを選んだ。ドクターの質問に瞬時に応答したら、褒められちゃった。モデルナでも、早いほうがよいと選んだ。ドクターは、モデルナの効用を述べた。

11

水無月や　四度目のワクチン済ませけり

多美の付添いで、四度目のコロナワクチン〈モデルナ〉を済ませた。なかなか若くてハンサムなドクターである。アハ・ハ。目黒区は、何事も迅速を尊ぶ。よろしい。タクシーも廃校の運動場まで入ってくれた。

これで安心！　あと、イチロウさん宅で、おとなしく寝ている。九十歳ともなると、若者のようにはゆかない。慎重に、読書など。外は、四〇度の灼熱地獄！

夜、イチロウさんと多美は、〈ミュージック・トゥモロー〉のコンサートに出かけた。新橋亭のお弁当届く。

熟睡したらしく、代替の無事な機械《コンピュータ》の上には「〇〇がパスワード。キーはゆっくりしっかりと押す。この機械はマンションのと違って古いから」と、置き手紙。

深夜「来るといつも寝てるから、私も寝る。いま、零時四五分。多美」

12

七月尽、コロナ禍退散ねがふ奥儀《おうぎ》かな

奈良の東大寺には、〈解除会《けじょえ》〉という無病息災、悪疫退散の素晴らしいお祈り行事がいにしえからあって、それがきょう、七月二十八日。大仏殿の前に「茅《ち》の輪」（直径約二メートル）が設けられ、僧侶たちがその中をくぐって大仏殿に入り、無病息災を願う法要が行われたという。

また、NHKの朝六時のニュースでは、「法隆寺、コロナ禍に支援！」と、いかにも現代的らしいタイトルが出た。我が日本における、何たる古くからの尊いしきたりであろうか。古人の深い知恵には、舌を巻く。

13

メーテレ六〇周年・内海花火大会　たくまし！

深夜、『アンタッチャブル』を見た。象徴的な一夜だった。眠れなくて、卆寿のマユミン、目を覚ましたのだ。

ここは名古屋市最東端のほら貝。歴史上、信長・秀吉・家康の三傑が活躍していた頃に遡ること、ほぼ四〇〇年か。アル・カポネ王国滅亡の瞬間を描いたこの映画こそ、二〇二二年八月五日の夜にふさわしい。

明日はイチロウさんの指揮ぶりを見に、すでに静岡入りした多美を追って、静岡へ。

イチロウさん畢生の作曲『静岡トリロジーⅢ「瞬間と永遠の歌」』の発表は、もう少し先。

14

見せかけの住民投票黒あざみ

プーチンの仕業あくどき終わり夏。

しかし、心あるカザフスタン、キルギス、タジキスタンの人々は、ロシア側には与《くみ》しない姿勢を保っているという。

かつて、多美が児玉桃ちゃんの代わりにカザフスタンのアスタナ＝メレイ国際コンクールの審査員に参加。ここには日本の小渕首相時代にヤマハのピアノが一〇〇台、友好的に贈られていたという。こういう地味な、思いやりこそが、派手な経済援助やいろんな政治的手腕の上手、下手より、どんなにかその国の国民の心を打つ結果になるのだ！

穴まどひ　追いつめられても強気なプーチン

15 WTOを前へ　自由な貿易を

「自由貿易の番人」の役割、復活を！

ニュースは伝える――「GSOMIAに韓国外相、強い懸念。米外相とわたりあう！　北朝鮮の核問題に、米国訪問の朴振《パクチン》外相が堂々と議論をかわし、つよい懸念を示した…」

それにつけても、朴振外相の英語は、うまい！　よどみなく心情吐露！

ひるがえって、わが国の現状は？　わずかに孫のサンドラ・コーンが日本へ連れてくるニューヨーク大学の韓国の女友達も英語がすこぶる自然で、うまいのだ。

英語力のとぼしい日本のおばあちゃまが言うのも何だが、わが国の政府高官に英語のうまかった人は、というか、筋の通った議論ができる人が、今までに吉田首相が頼りにした白洲次郎さん、外相も経験し、広島生まれの総理大臣・宮澤喜一さんくらいしか頭に浮かばない！　英米文学科とやらを卒業しても、あやしい語学力のマユミンが口に出すのも何だけれど、語学力の相違がマユミンにすらはっきりと解るのだ。がんばれ日本人。国際間の協議に外国語にひるまないで心情を吐露できる政府の高官を、「早く晴れの舞台に出してよ」と祈るばかりである。マユミンだけの、見当違いな意見かしら？

16 「主は羊飼ひ」エリザベス女王逝く秋よ

「彼女が好きだったスコットランドで亡くなったことは、国民の幸せでした」セント・ジャイルズ大聖堂で、市民の哀悼の意を献げるべく入念に計画したイギリスはすごい！　王政を今でも守れるしたたかさが感じられる。愛犬コーギーは、王位を継いだチャールズの弟に育てられることになった！

アスコット競馬場での、自然な女王の振舞いは、英国人の誇りでもあった。日本に貴重な種馬ご提供もあったという。『気がつけば騎手の女房』のエッセイのある吉永みち子の言。

聞けば、女王さま生来の優れた運動能力と、明るい持ち前のユーモアを解するご性格が、かくまで長い在位の時間を保ち得たかに推察される。

わが国の天皇陛下と皇后さまも、今朝、羽田空港を飛び立って、親交あつき英国の女王さまの国葬に駆けつけられる。このような世界的に重要な事態に、お招きがあったことに日本国民として歓びを感じないではいられない。

17

統治すれども君臨せず

大英連邦王国は

この姿勢を守り続けて在位七十年を多少の軋轢こそあれ保ちつづけた偉大なる女王であった。

心ならずも二十代の若さで王位に就くが、十代の頃から一筋に心に決めたお相手と、めでたく壮麗な儀式のすえ伴侶と決められたという。長いご在位のあいだ、決して女王の重大な政務のお仕事に関しては、一歩下がって英邁な女王さま Queen Elizabeth を陰ながらお助けになったという。素敵なおふたりを遠く目にできるだけで、まるでわが国のことのように心を満たした。

18　お好きだったバグパイプ（女王毎朝の）目覚めに！

マユミンは、本当に力及ばずながら、大学で密かに英国とアメリカの文学に接してきただけに、イギリスに対する思いは、ひとしお深い。このテーマを及ばずながら選ぶことができ、英国、それもサイモン・ラトルがフェローの、ロンドンの英国王立音楽院に娘のひとりを留学させた。時折、勉強ぶりを夫の希望で見に出かけることができたのも、今となっては、嬉しい体験であった。お恥ずかしいけれど、私の大学の卒業論文のテーマは、恩師・須藤兼吉博士のご指示で『エリザベス・ボウエンに関する一考察』であった。

美佐の英国王立音楽院
朱《あか》き蜜蝋《みつろう》押せる卒業証書かな

ワーズワースの詩に寄せて

麦を刈る乙女を見しは幻か

湖水地方にやさしき姿　若わらび

カンタベリー

片陰や巡礼寺に市たちて

19

野田前野党首の弔辞に　かくも賞賛の声上がる秋

思い起こせば、「人間機関車」と呼ばれた朝沼稲次郎氏が、十七歳の青年の凶刃に倒れたときの追悼の言葉が今もって高く評価されているように、この度の凶刀に倒れた安倍晋三元首相への、元ライバル党首からの死を悼《いた》む言葉が、常になく深く述べられた。野田氏の心情の吐露に打たれて、賞賛の声が上がった。思えば、あの時の社会党委員長も、いわば人間的に魅力ある方であった。その無念を思った。

会社へ出るのをぐずぐずして、朝日新聞名古屋本社のあるＡＢＣクラブ俳句部へ行きたいので、夫に出社を早くしてほしい気持ちのマユミンも、一緒にテレビ画面で見たのを思い出す。

今度の追悼演説は、要所を抑えた抜群の内容を持つものだったらしい。安倍首相の未亡人の目にも涙がみられ、原稿を墓前に供えたいと所望されたという。国葬の是非は別として、文章のもつ大きな力を改めて痛感した。

pause 4　『圓座』令和四年八月号から

春彼岸（辰雄より）かわゆき多恵の墓を詣ず
煮凝りや昨夜残しし金目鯛
サン・マロのサラザン（そば粉）のクレープ避けにけり
ＭＥＴに響くウクライナ国歌　春灯し
プーチンの飽くなき野望花の冷え
（二宮真弓）

「ピョートル大帝は、何も奪っていない。取り返しただけだ」
（プーチン）

PART 5

マユミン得意のヴィヴァーチッシモ

1

自然薯《じねんじょ》とへボを愛せし父思ふ

＊へボ＝スズメバチの幼虫と卵

ウィーン新春コンサートに、はからずも多美とマユミンが、ある方がたの、言葉には尽きせぬご好意と惜しみないご友情の賜物ともいうべき奇蹟が起こったこと。今ふり返って、こう表現しないではいられない。本当に、まさかの僥倖《ぎょうこう》続きで、あの昔から大好きなバレンボイムの指揮のもと、幸せを満喫している姿がテレビに映って以来、いくつもの問合わせと「おめでとう」の嵐である。

コロナの上にまたオミクロンとかの新種がなかなか手強いやつらしいので、こんなのんきな話題は差し控えるべきかもしれない。ほんとうに、今はもう深い感謝あるのみ。

さて、〈自然薯〉、すなわち〈山芋〉にも、東美濃の土岐郡笠原町に生まれたマユミン、深い愛着がある。今週になって、グループ〈嵐〉の巧みな料理上手な相葉くん（まだ孫のサンドラ・コーンが高校生のころ、ホノルルへ「千葉の中国料理やの嵐のメンバーは？」と聞いただけで、たちどころに「アイバくん」と返事が返ってきたその相葉くん）が、グループのメンバー、松潤と、深いふかい山芋掘り作業をコンビで苦労している場面を見た。きょう新年一月二十二日、ＮＨＫテレビで土曜の〈チコちゃん〉は、「あの自然薯を食べると、口ばたにイガイガする感じがのこるのは、なぜ?」である。五歳のチコちゃん、見事な正解。スズメバチの件は、また今度。

2

大学時代に頂いた平塚らいてう「天地微笑」と武者小路実篤「勉強勉強」の

色紙が荷物から出てきて嬉しい母九十歳

二〇二〇年八月二十一日の〈開運！なんでも鑑定団〉。『玉川百科大辞典』の監修者のお一人で、マユミンをかわいがってくださった朝倉文夫先生の『老猿』など素晴らしい彫刻が出る。さる福井県の富豪の所蔵という。

そこで、娘二人が名古屋の家を整理して出てきたお宝らしき色紙や短冊をいろいろ見てみる。あった、あった、あった！

まず、成城学園のお宅へよく伺った平塚らいてう先生の色紙「天地微笑」は、もしかして、逗子の渚ホテルにご滞在中にうかがった時のものかもしれない。

もう一つ、素晴らしい色紙。

「勉強、勉強、勉強。勉強こそ奇蹟を生む」

武者小路実篤先生の筆になる。

これは、井の頭公園近くの小さなお宅から、武蔵野市仙川の大邸宅に移られた頃、カマボコ板の表札を門柱につけていらした先生に「何をなさっていますか？」とお訊きすると、「いくら付け替えても、誰かがとってゆくんだよ」とのこと。懐かしい思い出である。現在、武者小路実篤記念館は、調布市が運営している。

ほかにも、石井漠先生の「踊るばか、踊らぬばか」、長谷川如是閑先生の「わが心きみが心に通うべくひとすじ道の平けくこそ」などなど。

3

「わが母が遠くへ行ってしまふ」白露《はくろ》なり

女手ひとつで育て上げた母。最近、認知症の気配あり。「半分の花火が見たい」という…。

川村元気監督が手がけた、原田美枝子演じる映画『百花《ひゃっか》』が、サン・セバスチャン映画祭で最優秀監督賞を得たという。快挙である。

昔、バイヨンヌのオルガニスト、ナジ・ハキムとベルナデット夫妻の父上の広壮な別荘に招かれたマユミン一家（美佐、多美、マユミン）は、一週間の楽しいバイヨンヌの、いわば民俗的に興味深いお祭を堪能した。

パリ国立高等音楽院の級友のベルナデット夫妻と別れ、アンダイユ駅からサン・セバスチャンに向かった。まだその頃は、飛行機を使うなんて大学生には贅沢だった。当然のこととして鉄道路線を楽しむ時代だった。

ここからスペインのバルセロナ入りを果たし、念願のバルセロナに建設中のサグラダ・ファミリアを見る予定。あの、サン・セバスチャンなのだ。街は町内会ベロ（自転車）・レースで沸き立っていた。あの街の思い出から三十年経ったいま、日本映画の『百花』が高く評価され、栄えある受賞に輝くのは何と嬉しいことか。

4

ジャンヌ・ダルクゆかりの
オルレアン国際ピアノコンクール審査おえけり　帰国せり

イチロウさんと多美が、フィリップ・マヌーリ審査委員長のオルレアン国際ピアノコンクールを終えて帰国。蟄居《ちっきょ》期間を無事おえ、多美だけわたくし宅へ。この、わがまま老婆を見に来てくれた。タケノコご飯で歓迎す！

きょう五月二日から、森田智恵子ばあちゃんが、すっかり背丈も伸びた小学二年生の森田蘭ちゃんのお留守番役に復活。朝「今から札幌を発ちます」とご連絡あり。また、マユミンとの東京の嬉しい Rendez-vous が、復活するのだ！

5　一夜明けてあの札幌に想い馳せる九月尽

札幌まで一時間四〇分の空の旅、降りてからの移動にうっかり車椅子を依頼せず、国内の旅をちょっとなめていたフシがある。羽田空港も札幌空港も、降りてから歩くには、傘寿老婆には遠すぎた。

しかし、実り多き旅が、またふえた。札幌新空港から都心までの白樺やモミの木々の美しさ。すでに大雪山には紅葉が始まっているらしく、テレビのさまざまな映像を見て楽しんだ。

ご本人は反省しきりだけれど、マユミン、またイチロウさんのお仕事の新たな一面に出会って、嬉しかった。〈孝女しら菊〉には、多分の負担をかけて、過労のため、瞬間、めまいがするほどらしく、申し訳なし。でも、おいしいものづくめの、Happy Birthdayの北の旅、心から感謝するのみです。

6

放《はなれ》駒《ごま》部屋の幟《のぼり》や青田風

名古屋夏場所の「放駒部屋」は、豊明市にあった。

三十年前にささやかな自動車部品の会社をつくった主人を、有吉佐和子『和宮様御《かずのみやさまお》留《とめ》』の舞台になった姫街道を辿って毎朝、刈谷市の会社へ送り届ける。帰り道の鳴海ゴルフ場の地続きの私の〝秘密基地〟でワラビとりがはじまる。車にのせきれないほど、四十年前はワラビもゼンマイも、そして細い溝では、セリもとれた。そこも、名古屋市緑区の南端である。

お隣りは、作家の曾野綾子さんの眼病がすぐ治った藤田衛生保健大学病院のある豊明市沓掛《くつかけ》。「くつかけ」とは、鎌倉道、または中山道《なかせんどう》の旅に疲れた旅人が、わらじを履き替えた宿場なのだ。ここの峠ではしばしば山賊が、旅人を襲ったという。

今の時期、とれとれのタケノコ、ワラビ、蕗、油揚げとこんにゃくを、別のお鍋であらかじめ炊いて、かしいだ白米をあわせて炊き上げる。この一手間を惜しむと、おいしくないのだ！　あ、若竹汁には、仙台の庄司さんのお母様から届いたおいしい〈アカモク〉と、タケノコの先っぽの柔らかい部分とで。実においしい！

十二年前に階段転落事故に遭って身障三級なので、いろいろ思うに任せないことばかり。包丁で手を切らないように、九十歳老婆は、おいしいものには時間を惜しまない。結局、食いしんぼうなだけ。アハ・ハ！

7　わが未知の祖父の人となりを知る秋ぞ

名古屋の旧居の蔵書でいっぱいの住まいを整理する多美が、マユミンの心中を察して、持ってきてくれた古びた一冊に目が離せない。

なんと、マユミンが生まれた翌年、昭和七年刊行で、『呂宋《ルソン》の壺』芳野町人著（発行所・中西書房）、とある。本の扉に「恵存・加藤代吉先生　昭和七年四月晦日　著者」としごく達筆で署名。

中身を読んで驚いた！　すばらしい。序文の原文次郎が「芳野町人、然るに彼は…」と長文を寄せている。

彼は全くの茶碗やである。その茶碗やが、先に『茶碗屋茶話』を世に出し、洛陽の紙価を高めたかどうかは知らぬが、再度『呂宋《ルソン》の壺』を世に問ふ。

この皮肉とも受け取れる、しかしながら愛情溢れる文章を書いた人にも、興味津々。マユミン最期の日まで、また課題が増えちゃったわ。

ひとつ手がかりは、〈芳野町《よしの》〉といえば、幼い頃から「日陶聯」という呼び名に聞き覚えあり。名古屋市東区芳野町に存在した「日本陶業聯盟」の名古屋支所のことかもしれない。

うちのおじいちゃん、カネ大商店の加藤代吉《だいきち》がさほどの識見と智慧と学歴を持ち合わせたわけもなく、ちょっとした町の訳知り《わけし》老人で、ただ横浜で若い頃経験したことを生かしつつ、B～Cクラスの陶器でも輸出できることや、一日一稼ぎしかできない当時の馬車による運搬事情から脱して、〈私鉄・笠原鉄道〉の新設に尽力したことくらいしか、我が祖父に対しては記憶がない。

8 かいこ目覚め 桑はむ音す 皐月そら

シルクミミズが目覚め、マルベリーの葉っぱを食べる時期

しかし、宮中で旧くから行われたお蚕育ての作業を、大学生におなりの愛子様も、昔からいとわずなさっているという。すばらしい！ はからずも、ロイヤル・ファミリーの中で、このことさえも先陣争いに見えてしまうのが、おかしくて。

マユミンも小学生の頃、クラスの子に頼んで余《あま》り蚕《ご》を手に入れ、熱心に育てた。桑の葉っぱは、みずから運転が得意な子ども用自転車を駆って、遠くまで取りに行ったわ。そして、やっと実を結んだお蚕《かいこ》は、その後の行方をまったく失念している。もしかしたら、潔癖症の母親が始末してしまったかも…。

日本の邦楽にも、アジア諸国の民族伝統芸術にも、ひとしくその存続に影のお力をそそいで来られ、最近、外国からも国内からもすばらしい顕彰の機会を得られた徳丸吉彦先生に、最近、わがファミリー全員、おいしい天麩羅をご馳走になった。この時期、ひ

としお嬉しい一夜をすごした。

先生は、日本の邦楽の世界にもナイロンなどの間に合わせ絃（お箏や三絃の）の流行を憂えて、琵琶湖の湖畔にただひとつ残った絹の絃制作者をみつけて、絹の絃の制作を依頼された。いま、絹の絃で本来の音を奏でる幸せは、今の上皇妃、美智子様よりご相談を受けて、「小石丸」の名前で、からくも現存できることになった、徳丸吉彦教授のご努力のたまものである。

徳丸吉彦教授のお祝ひ会〈表参道ローブリュー〉

バスク料理にこそ加わらむ　今夜《こよひ》は美味しいわよ！

第七十四回毎日出版文化賞『ものがたり日本音楽史』のお祝いであったか。そうではなく、令和四年、春の叙勲だったわ。東南アジアの国の民族音楽の保持にも、ご功績多し。去年は、グイード・アドラー賞ご受賞。

ともあれ、バスク料理、バンザイ！

9

つながる『昼の夢』とイチロウさんのお母さま

イチロウさんと娘の多美がパリ国立高等音楽院で知り合って結婚の段階に至ったとき、私の気がかりは、ただひとつ。東美濃の田舎出身の私と、イチロウさんのご両親の接点がまるで見当たらないことだった。

パリで初めて耳にしたイチロウさんの「学習院初等科から中等科、藝大附属高校・東京藝大、パリ国立高等音楽院」のご経歴を耳にして、パリでイチロウさんと初めて対面した際のマユミンは、即座に言った。

「残念ですが、出自に隔たりがありすぎます…」

「いやいや、学習院は単なる親父のミエですから…」とイチロウさん。

それから、イチロウさんのお母さまにお会いした折、何気なく差し上げた私のエッセイ集『パリの空の下　六段の調べは流る』をお読みになったお母さまが、「あのご本の中にあった北原白秋作詞・梁田貞作曲の『昼の夢』は、開業医の父が一日の診察に疲れて、『何か歌を聴かせておくれ』と申しますと、姉のソプラノ、私のピアノ伴奏でよく楽しんだものでした」と。

そんなことがきっかけで、今日まで三十余年もの年月を経て、お互いに健康で大好きなワールドワイドな音楽の世界に二人が働けることはとても喜ばしい。

優しいお婿さんと、厳しい（？）娘たち。利発な孫のサンドラ。その祖母マユミンとしても、いつも何よりの親孝行、おばあちゃま孝行は、ありがたいのだ。そして、たくさんの有難いマユミン見守りグループの方々。しみじみと、その幸福を実感しておりますダ。贅沢な希望は全部やり尽くしたので、これからは、ひっそりと天命に準じて、おとなしく暮らしますダ！（「本当かしら。信じられない！」陰の声）

10

佳代さまの札幌ハピバにあずかる秋分の日

表参道〈ローブリュー〉のハピバにつぎ

サッポロ〈姫沙羅〉のお寿司は、繊細な工夫を凝らしたお寿司なり。新鮮なウニと中トロの手巻き寿司に始まり、新鮮なイクラの山盛り、ご飯はほんの僅か。あとミル貝。圧巻は、セリ（芹）の根っこや工夫を凝らした椎茸や出汁巻き卵にマグロや白身ざかな参加の意外な巨大太巻きの登場。海苔にもひと工夫の、最高の札幌「ひめしゃら」である。そして、チーズケーキの誕生祝い。札幌ならでは。

かたじけなさに、涙こぼるるマユミンでした。

11

郁ちゃんのお母様より電話　正月十日

「二宮さんのお宅ですか？」

ウィーンから帰国後、老婆を心配して一晩マユミンの寓居に泊まった多美も「あすの静岡グランシップでの講演にイチロウさんが出かける前には、一度赤坂に戻らないと…」と帰っていった九日のこと。

「はい。どなたでしょうか？」

「三輪久恵です。娘の郁から、多美さんとお母さまがウィーンの新春コンサートの中継録画に映ってるわよ」と…。

アハ・ハ！　もうばれちゃった。

名古屋の娘たちが幼く、松岡晴子先生門下生だった頃のいろいろがよみがえる。あの、李香蘭こと大鷹淑子参議院議員を商社・丸紅の赴任地リビアのトリポリの自宅に泊めた、多美のいとこの母親の紹介であった。名古屋市に併合された有松しぼりで著名な愛知郡鳴海町字《あざ》ほら貝からレッスンに通うのは、至難のわざだった！

車を小学校の前につけて、授業の終了後、すぐに担当教師の許しを得て、名古屋の中心・栄町の松岡先生宅へ急ぐ。夜遅くまで、レッスンが終わるのを先生のお宅か車で待つ。三輪久恵先生は、松岡三恵先生（桐朋学園第一回生で、シアンピ教授に習ったパリ国立高等音楽院卒）の妹さんでもある。

日曜日はまた、た〜いへん！

多美と美佐に朝ご飯をあわてて食べさせて、夫の枕元にはおにぎりを置いて、八時からの栄町の松岡晴子先生のお家へ。もうそこには、前夜東京から駆けつけた久恵先生と、まだ小さい郁ちゃんが所狭しと並んだ机のまえで待機！　ソルフェージュの生徒が、お母様晴子先生のレッスン室に、AからHクラスまで一時間ずつ、ぎっしり。

そんなこんなで、ピアノの苦労話には事欠かない！

今のマユミンは、N響の蘭ちゃんパパの仲良しで、札幌の智恵子おばあさまとも親友なのだ！　三輪郁ちゃんとは、一年ほど前に紀尾井ホールで遭遇。故・芥川也寸志夫人ともお知り合い。イチロウさんが、作曲家・芥川也寸志さんのご意志を継いで、わが国の貴重な作曲家の足跡を消さないお仕事をしているらしい。

懐かしいお話は尽きない。ぜひ、わが寓居にお越し頂いて、懐かしいお話を交わしたい。


岐阜県中津川の薬局のお嬢さんだったナガセさんが、天文台のある長野県のどこかでNHKでイチロウさんとソプラノの幸田浩子さんとの収録があったとき、「もし必要でしたら」と〈譜めくり〉を申し出て下さって嬉しかったこと。

ロシア大使館での食事会でのやりとり。

「昨夕、日本の方がモスクワでピアノ演奏を…」

「えっ、野平一郎さんの奥さま多美ちゃんとは、幼稚園の頃から松岡門下だったのよ。ヴェルサイユ宮殿のすぐそばの多美ちゃんファミリーが滞在中のホテル〈ホテル・トリアノン・パレス〉でも、一緒にお食事したのよ…」と直《なお》ちゃんが大使夫人に話したという。

その蓮見直ちゃんは、慶應大学を出て旅行社に勤務。そこがつまらなかったので、スイスのビジネススクールを卒業ののち、あのエリザベス女王のご主人が世界野生動物援助機構のスタッフを捜していたので、応募して合格。朝日新聞「ひと」欄で見たわよ。そして、あの当時の駐ロシア大使の奥さまが、ジュネーブ時代の直ちゃんとお友達だったというわけである。

久しぶりに、原田親仁元ロシア大使からお年賀がきたので、最近のお恥ずかしいわが著書をお送りしよう！　明治学院大学図書館附属日本近代音楽館に〈日本フォーレ協会〉のメンバー末永理恵子さんがいるので、原田大使の母方のおじいさまのオラトリオの演奏があったら教えて！　と依頼していた（俳句エッセイ『追想のロンド』掲載）。

「♬馬ぶねのな〜かに、産声あ〜げ」の賛美歌も、原田大使のおじいさまの作とわかった。などなど。

12

早苗饗《さなぶり》にさそわれ見あぐる梅雨の空

故郷・岐阜県土岐郡笠原町のころ、やんちゃ娘が田んぼの隅で泥鰌《どじょう》をとっていると、「カネ大さんのマアちゃん、ちょっとこっちへいりゃあへんか！」と声がかかった。ふと見ると、よくうちの事務所へも来るおじさん一家である。「ちょうどお昼やで、マアちゃんもここでおにぎりを食べて！」

俳句をつくるようになって、これに〈早苗饗〉という素敵な季語があると知った。早苗をぶじに植え終わったことを、「神に感謝して、自分の家で馳走する」の意味なので、この場合は、単なる田んぼのすみでのお昼ご飯であろうけれど、そのご好意が嬉しい。当時、まだ小学三年くらいだったか。忘れ難い思い出である。

13

思ひ出の草軽鉄道　あの雪空

マユミン、初めてのスキー体験は、まず菅平スキー場。お腹に赤ちゃんがまだの、母美代子も同行。

数年後に行ったのは、「♬紀元はにせ〜ん六百年。ああ一億の胸〜は鳴る」の年で、草津スキー場じゃやった。多分、妹の優香里が生まれるので、父、長兄・宰輔、純平、そして真弓が小学一年生。お産で邪魔なので追い出されたらしい。この年は何と従姉妹の郁子、玲子も加わっての大編成で、ヘルパーには笠原工業組合の水野青年もいた。

「こんな小さい列車は、おじいちゃんたちがつくった笠原鉄道とおんなじやゲ」と素っ気ない純平。しかし、のちに判明したのだが、N響の元ファゴット奏者の霧生吉秀さんの叔母さまは、あの『風立ちぬ』『菜穂子』『美しき村』の堀辰雄さんの奥様の多恵さまで、軽井沢へ来ると「草軽鉄道に乗ろう」とおねだりなさったという。

孫のサンドラも増えてここに参加ちゅうの大賀ホールのコンサートで、こんな思い出があって、霧生さんご夫妻とマユミンは直ちに意気投合したわ。

14 『ちむ・どんどん』すばらしく終わる秋彼岸

ＮＨＫ朝ドラを、マユミンはとても興味深く見ていた。

昭和二十六年に家を出て、玉川大学へ大いなるご忖度に助けられ、小原國芳先生の大らかなご指導のもと、のびのびと歌に包まれた学生生活を楽しんだ。世界の古典に属する歌などは、梁田貞先生の深いご配慮や、岡本敏明先生、小山章三先生、そしてパイプオルガンの真篠俊雄教授など、素晴らしい方ばかり。

当時まだ外国だった沖縄と、我が玉川学園の結びつきは大きかった。唯一の女子塾〈りんどう塾〉にも、沖縄からの高等部生が多かった。同室となった南風原《はえばる》の、みそ問屋の宮城スエちゃんは、「♬天さく〜ヌ〜花や、ちみにすぐ〜りて、うや（親）のゆしご〜とや…」とよく歌っていた。

お食事は、男女老若一緒に塾食堂に集まって、いただいた。毎月のお誕生会には、高校生の金城哲夫くんが達者な三線《さんしん》の自らの伴奏で、琉歌を歌った。金城君は、同級生がウルトラマン映画制作の父上をもつ〈円谷プロ〉の社長さんなので、大学卒業後、入社。

その才能を発揮した。

15

「さようなら」はいや　山葵《わさび》の花

日曜の朝、〈のぶなが〉を見た。

周囲の豊富な山菜や畑のもので、節約しすぎる一家のお食事が美味しそう。テレビから派遣されたナントカさんが「では、さようなら！」と言ったら、一家の坊やが「さよならは、いや」と泣きそうになった。

ロケットの糸川博士のお宅で、玉川大学に入ってすぐ糸川先生宅にＭＩＴの学生数人が訪れたとき、「英文科の学生五名ほど、連れてお手伝いに行きなさい」と小原先生の命を受けた。

結局、役に立ったのは「鶏肉の水炊き」を知っているマユミンと語学の達者な香港から来た彭世美《ほうせいみ》だけで、あとは役立たず。アハ・ハ！

以来、糸川家のベビーシッターを依頼された。こわかったのは、一週間、札幌へスキー旅行にいらした教授ご夫妻のお留守番。火事でも出したら、と本当に責任を感じた。

私に出来るお料理は、オムレツ、チキンライス、カレーライスだけ。一週間、それの繰り返しだった。

大晦日に岐阜県の笠原町へ、教授お心馳せの当時のグリーン車の〈特別二等車〉でやっと帰宅。糸川家の英樹、英穂、ゆりこちゃんの三人のうち、優しい英穂ちゃんだけが、「加藤さんがさよならなんて、いや！」と泣いてくれた。

16

東大闘争とは何だったか？　幾星霜《いくせいそう》

夜更かし癖の九十歳老婆は、ＮＨＫの、あの「安田講堂事件」（一九六九年）記録の再放送に目がはなせなくなった。佐藤栄作首相の頃だった。

記憶に残るのは、樺美智子さんのご逝去のこと（一九六〇年六月十五日、国会前での警官隊と全学連の衝突に巻きこまれた）。総長代行の加藤一郎教授のことも、同姓だけに印象深い。

弘前大学から応援に参加した某さん、「東大に行けなかった俺が、何してるんだ」と、安田講堂から壊した煉瓦を投げながら、自嘲したという。

加藤総長代行の決断で、警察導入となる。強力な消防車の放水に耐えかねた如月二月の暴挙学生側の敗北で、泣きながら「♬起て飢えたるも〜のよ　目覚めよその日はち〜かし」とインターナショナルの歌を揃って歌えるのも、おもしろい現象であった。相当、赤化されておるな。検挙者三十六名という。

17　東京大学五月祭　三年ぶり 伊東希々さん はつらつ！

マユミンは、家出して一年おくれで上京。多治見高校で同級生の、校長の息子、馬淵くんから五月祭のご招待あり。安田講堂での浅野千鶴子さんのソプラノ・リサイタルを聴いた。

マユミンは、多治見高校時代、部活の〈レコード鑑賞会〉の主催者だった。部活はだんだん噂を呼んで、何と一〇〇人を超す大世帯となり、嬉しかった！

自分の集めただけの音盤で、慶応の村田武雄教授のご支援も受けて、昭和二十六年の五月祭なり、いと嬉し。馬淵くんはのち、新日本製鉄〇〇工場に勤務、戦後の復興に寄与した。五月祭では「何とかストリップ・ミル」という展示あり。あの頃は、ストリップ・ダンスの興行多く、笑ったわ。

18

名古屋の航空ショー　小学生のマユミン兄弟妹

まだ、大東亜戦争、開戦前夜の日本では、のんきに名古屋市の八事《やごと》地区など、贅沢な別荘地であり、南山大学の前身、南山外国語専門学校の周辺の開拓地で航空ショーが開催された。

日本におけるカトリックの総本山とマユミンは思っていたけど、実際は、神言修道会が運営する司祭などの教育・養成機関である「神言神学院」が、名古屋市昭和区八雲町七〇に設立されていた。

私の多治見高校の先輩で、教皇ヨハネス二十三世より司祭に叙階された青山玄《げん》さんを知っている。

新潟県の新発田中学のときに入信。多治見修道院にてひたすら修行をつみ、多治見高〜南山大学〜ローマ大学神学部をへて、第二バチカン公会議（一九六二〜六五）における功績により、教皇ヨハネス二十三世から司祭に叙階された。青山玄さんは、聖職者にはめずらしい弁護士の資格もお持ちだったようで、それらの出版物も多い。

のんきな加藤ファミリーはわざわざ航空ショーを見学のため、いまのＪＲ多治見駅まで、おじいちゃんたちの造った笠原鉄道に乗った。そして、ＪＲに乗り換えて、鶴舞駅から八事まで歩いたのかしら？　いや、市電が八事まで、もう通じてたかも…。

そのころから名古屋市の道路は、広い一〇〇メーター道路で、父の説明によると、いずれ飛行機をここ、地上から発進、迎撃させる必要も考えて、一〇〇メーターにしたそうである。

日本では戦う前から、もう本土の被爆、あまつさえ原子爆弾投下という悲惨な経験にいたるのだけれど、こうまで悲惨な結果に終わるまで想定してたのね。これ、先見の明あり、というのかしら？

19

内田百閒氏の忌日《きじつ》てふ『ノラや!』

四月二十日は、漱石門下で、生田流のお箏を弾き、俳句をよみ、法政大学で教鞭をとった作家内田百閒が、終戦後の月刊雑誌『小説新潮』に連載の、とぼけた小説がおもしろくて、マユミン、高校時代からいつも愛読していた。

百閒宅の玄関には「世の中に人の来るこそ嬉しけれ。とは言うものの、お前ではなし」の狂歌がかかっていたという。お供に〈ヒマラヤ山系〉をつれて、用もないのに〈阿房列車〉に乗って贅沢な旅をする百閒先生の行動は、戦後の余裕のない毎日のわれわれの憧れであったかも知れない。

長女の多美が国立音大附属高校を受験のときには、百閒先生が「まあだ会」(まだ死なないのかい?)でおつかいになった東京ステーション・ホテルに宿泊したくらい。

あの百閒先生の愛猫の失踪事件を書いた『ノラや』も心を打った。まだ国立音大のまわりには良いホテルもなく、東京駅から国立駅まで五〇分もかかったが、苦渋の選択だった。

お部屋は、皇居をのぞむ緑多き景色にめぐまれた。さながら「大内山、松の緑」の様相で素敵。けれども、当時は早朝から機関車が蒸気をふかして轟音をたて、受験生の多美は三日間寝不足で、東京ステーション・ホテルを選んだのは、大いなる誤算であった。

アハ・ハ。

20 かつて見し「やんばダムとオオムラサキ」と

図らずも、かつて玉川学園の下級生からお誘いを受けて、小学生の頃スキー旅行で印象の深かった草津温泉の旅に出た。

帰京を急ぐ必要があって、私だけがひとり東京・新宿行きバスに乗った。

あの頃は「♬紀元はにせ〜ん六百年」を大声で歌って、楽しかった！　従姉妹の加藤郁子、ちょいワルの加藤玲子、そして父・和夫、長兄・宰輔、次兄・純平、そして私マユミン小学一年。助っ人に笠原工業組合スタッフの、水野青年の姿もあった。懐かしい！　母はいもうと優香里の出産の時期で、じゃまなわれわれ三人の子どもを遠ざけたらしい。

この年、草津スキー場には雪が少なくて、よんどころなく万座スキー場にうつった。

その頃の万座スキー場の宿には電気もなく、父はわざわざ幼いマユミンと玲子のために頑丈な二人の青年の迎えを依頼した。よって、白根山の噴煙ただよう尾根をベテランの二青年がスイスイ滑るのが恐ろしくて玲子とマユミンは「おそがい！」と叫んだ。美濃弁では「怖い！」の意。

21

あの日のことおもひも新た　秋よそほふ

ＮＨＫ早朝の〈あの人に会いたい〉を見ていたら、装飾家の和田エミさんだった。百年前の祖母たちが着ていて、あの日の大水害から辛うじて残った古い着物、昔からある習慣で、どの家もオカイコを飼い、糸を紡ぎ、ご先祖さまの頃からの慣しを受け継いだ方たちの着物地を、やっとコロナ禍の少し納まりを見て、その地で特産の和紙もそえて初めて東京で芸術的ショウを開いたという。

福島県亘理、の名前でマユミンの五十年前の記憶がよみがえった。亘理《わたり》町出身の方が、名古屋市緑区鳴子小学校ＰＴＡの役員をしていたのをはっきり覚えている。懐かしい！

22

生涯ただ一度の
舞台にのぼり俳優経験おかしけれ

これも、このたびの名古屋市緑区にあるマユミン宅の家財道具整理でのエピソード記憶のひとつである。

「お母さん、探してたすごい物発見！」と、多美がニコニコしながら私のところへ持ってきたのは、マユミン大学二年の春、なんとまあ文学座のアトリエ公演に使われたソーントン・ワイルダー作、鳴海弘訳『長いクリスマス・ディナー』の母親役に、出演を依頼されし脚本であった。

岡田陽先生がりんどう塾の玄関で「真弓さんしか、適役が見当たらないんだよ」とおっしゃる。

「まさか、私にできる役なんて…」

「それがね、真弓さんにぴったりの役どころなんだよ」

「だって、おチビでブサイクで、小原先生のお仕事もありますし」

「それは、もう親父さんからＯＫをいただいたよ」

……。

でも、とっても楽しかった。会場は日比谷公園の、日本青年館テアトル。のちにドラマ『蒼き狼』で大成功の井上孝雄くん（成吉思汗の役）や、政田潤、佐野なにがし、坂主充子、浜田光夫、森繁きょうだい、山下真理子 etc. で、毎日が楽しかった。

台詞は「この辺りには、まだまだインデアンがウジャウジャいてね」とか…。

まあ、車椅子に乗って十分ほど喋って、すぐ退場。そして、死ぬ。

「みんな、そんなに気取らなくていいのよ。ワハハ！」と。

指導は豪快な賀原夏子さん。

以来、玉川の演劇仲間に入れてくださって、楽しい会があるごとに、お呼びがかかるのである。

ガリ版刷りの台本の表紙

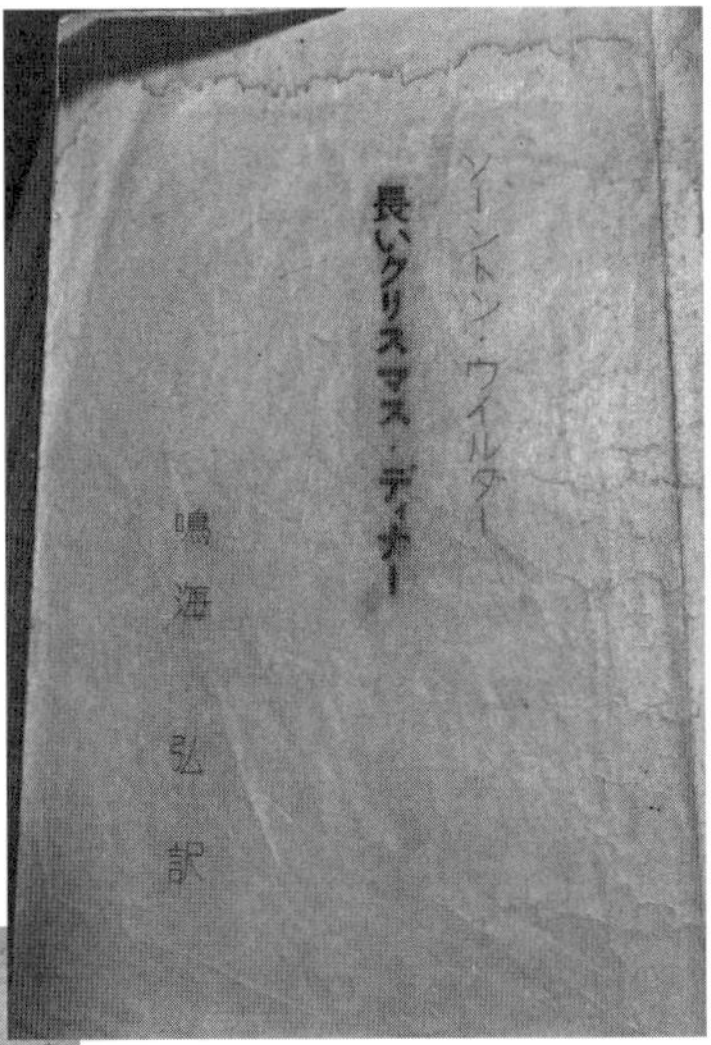

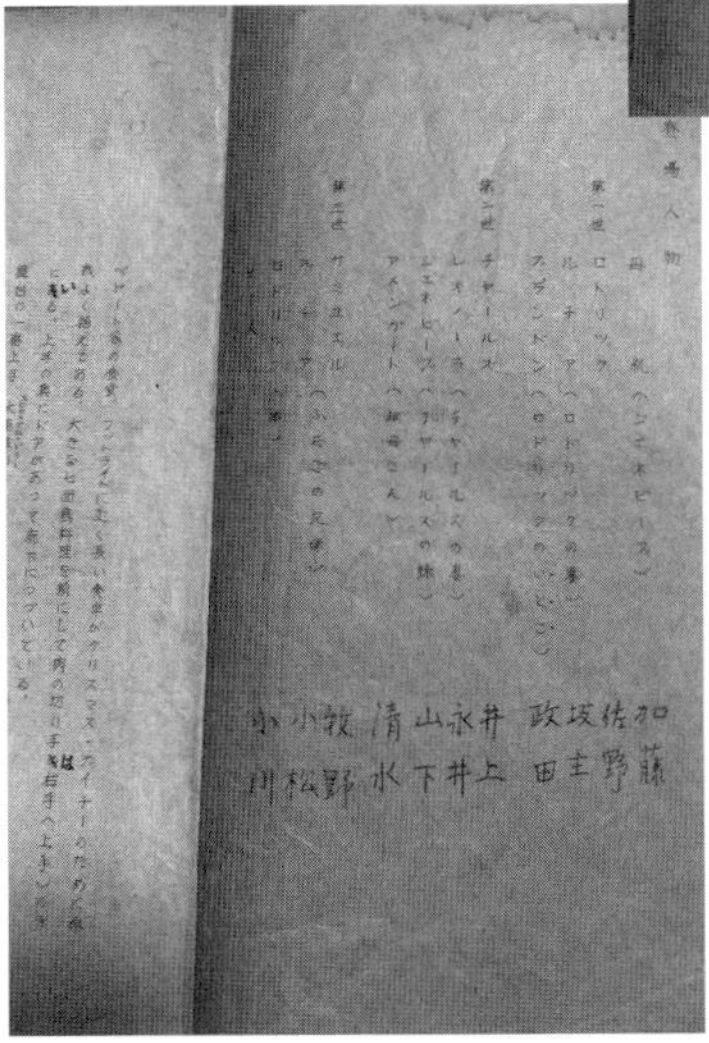

配役欄
最初の「母親」＝加藤がマユミン

23

今になって湧き上がる

〈ウィーン会議とモナコ公国疲れ〉の経験者一同に妙な同志愛あり　残り秋

マユミンって、こんな風だから普通の人と違う〈ずっこけマユミン〉の異名を持つ。どうも、物事の発祥の原点まで調べないと、放って置けないのだ！

でも、最近、暇があり過ぎて、昔好きでよくみたアメリカのTV映画『刑事コロンボ』シリーズに似た〝和製コロンボ刑事〟水谷豊さんの一連のストーリーに、午後のひとときを過ごす。「あ、すみません。ひとつだけ、教えてくれませんか？」という設定ずみの〈しつこさ〉を踏襲するのも、愉快ゆかい！

世の中にはまだまだ興味をそそること多く、なかなかあの世に行けないのは、困ったもんじゃや喃《のう》！

この度の、マユミン甚だ個人的な、面倒くさい「ウィーン会議がらみ」のドイツ映画も素性が判明できたし、母の育ったご自慢の神戸育ちの事実探しも一応決着がついた。

イチロウさんは作曲家としての素晴らしい豊かなお仕事の中で、老婆マユミンのちっぽけな好奇心にも対応して下さる。イチロウさんの優しいお気持ちで、私の「♬アイネ・ナハト・イン・モンテカルロ」探しもスムーズに。そして、ゆかりのホテル〈メトロポール・モンテカルロ〉に数泊とまって喩えようもなく素敵な夜を過ごせたのだ。

日本一幸せなマユミンは、もうやかましく面倒くさい老婆でなく、だんだんボケて普通のお年寄りになろう。多美や美佐、孫のサンドラ・コーンのためにも…。

あとがきにかえて
――小説『下町ロケット四代記』加島家の人々

長男の宰輔が生まれたのが昭和二年、次男の純平が昭和四年であった。

長男は初めからひ弱だった。よく風邪をひいた。次男は恐ろしく元気で、生まれた時の泣き声も高く、管内《すがうち》産婆が「このお子さんは、ひとかどの人物になりゃあすよ」と、無責任な太鼓判を押して、出産祝い膳王冠のついた徳利を自分で傾けた。

長男はよく熱を出し、両親を慌てさせた。町にはお医者さんは後藤医院たった一軒で、その後、笠原町に町立診療所ができると、町の人は「上《かみ》のゴトウさん、下《しも》のゴトウさん」とよんだ。

その1　大いなる裏切り

「みんな嘘やった。俺をだました！」

純平は、知多半島内海《うつみ》海岸の海水浴から帰宅して、自分の部屋から一歩も出なかった。男泣きに泣いた。彼らは二日前に加島家の離れで、内海海水浴場の小旅行のスケジュールを丹念に組んでいた。女性陣は〈ちょい悪従姉妹《わるいとこ》〉の玲子とその友人、金城女専の清水さんにも連絡がついて、万端手筈はととのっている。まだホテルもほとんどなく、旅館なんて値段の高い所は、貧乏学生の彼らには、まだ縁遠い。夏の知多半島なので、なんとかなるさ。純平の家に昔からある、神戸のおばさんからのプレゼントの大型本格的テントを借りよう。食事は、工夫するのだ。

かくして、純平、県立恵那中学で同級の慶応大学生マサヲくん、上級生ですでに旧制冨山高校生（のち東工大）の悟くん、マサヲくんの兄の旧制・岐阜県立高等工業生（のち早稲田大学）の浩一くんが皆、学生帽を被ってきた。カネ大・加島家の離れでの堅い約束、「みんな、ピケ帽をかぶって行こうぜ！」を、金城女専の娘たちにモテたくて、いつもお人好しすぎる純平をみごとに裏切った。純平は、大学受験にいずれも失敗して、今は無冠のただの中卒者でしかない。

父の和夫は、失意の純平のために、母屋と離れの中間に、彼の窯業研究室をしつらえて、知人の名古屋工業研究所のベテラン技師を招き、日曜日には純平も白い実験着をきて、熱心に授業を受けた。

その2　純平、貿易会社へ入る

世話をする人があって、純平は名古屋の老舗、服部カネカ商店、のちの興服産業の輸出陶器部門へ勤めることとなった。両親は、大喜びであった。大正年代に祖父、加藤代吉の創業した美濃笠原の〝貿易もん〟を復興させるためにも、純平の修業の場所ともなればよいと願った。すぐに、東京から疎開していた評判のテイラードで新しい背広を数着、彼のために作った。いわば親バカの典型である。

職場についてみると、戦前の我が家の東インド会社の手を経たインドを含む東南アジアをはじめヨーロッパやカナダ、南米向け輸出陶器の製造を見聞きしているだけに、彼の経験にピッタリの職場であったとみえ、なかなか熱心に働き、東京出張もたびたびであった。

この会社では、創立以来の伝統で、東大や早稲田、慶応を卒業した社員も「服部カネカ商店」の名入りの法被《はっぴ》を着て、小僧と同じ仕事からはじめる。学歴偏重のこの時代に、すばらしい理念を持つ会社であった。

彼にぴったりの職場に出会い、妹のマユミンにも「いっぺん名古屋へ出て来いよ。真弓の好きな中古クラシック・レコードもいっぱいある骨董屋を見つけたから」といって、大して豊かじゃない給料の中から、レコードも買い、ご馳走もしてくれた。

興服産業株式会社は、戦後どんどん発展を見て、のち、コルゲン・コウワ製薬などの分野にも進出した。

その3　鉄工所のおじさん

純平は、幼い頃から近所の「鉄工所のおじさん」が大好きであった。鉄工所というよりは「街のちょっと大きな鍛冶屋」といってもいい規模の小工場であったが、彼の夢をどんどんかなえてくれる場所であるらしかった。小学生の四、五年頃からここにいりびたって、電気スタンドの延長コードの手元にスイッチをつけて便利にしたり、戦後次々生まれる六人兄弟姉妹の乳母車に暴走停止装置など、いろいろ工夫を凝らした。

戦火を避けて入った長野県中津川町となりの県立恵那中学校時代の彼は、戦後の新しい制度、生徒会の会長選挙に出馬。みごと当選。その頃できた卓球部にはまだ卓球台が二台しかなく、「これはいかん」と、純平は卒業生の木工工場経営者のところを回ってピンポン台の寄付を依頼した。こころよく母校に贈ってくれた卒業生の好意に応えて、純平はいいことを思いついた！

「そうだ。お礼には、いつも我が子のようにかわいがってくれる、お爺ちゃんの親友、東山のおじさんの陶器の壺を贈ろう！」

「純平のたっての頼みは、聞かぬわけにはゆかんわ喃《のう》」

「桐箱に入れて、ちゃんと署名入りでね」

……かくして、恵那中学・運動部の卓球部はみるみる頭角をあらわし、県内でも有数の有力校とはなった。この時の純平の依頼に応じたのは、のちに岐阜県土岐郡笠原町長となった陶芸家、堀江東山のおじさんである。卒業生の先輩、木工会社社長らは、「今まで何度も母校に寄付したけれど、こんなに行き届いた返礼に出会ったのは、初めて」と言ってくれた。

マユミンが運よく小原國芳先生の抜擢で玉川大学生と編集者の見習い二刀流をはじめた頃、玉川大学通信教育部活動が始まり、夏休みを利用して、戦時中の足りない学業を勉強しなおす人のための機会が与えられ、中には校長になる機会をつかむ人もあった。その岐阜県人会に招かれたマユミンを前に、「あなたがあの有名な県立恵那中学の加島純平さんの妹さんですか」と、驚かれた。

＊

さて、〈下町ロケット四代記〉の大団円である。

二〇一九年に私は、念願の東京都民となった。そして、マユミン、図らずも九十一歳の記念に〈二〇二二年、ウィーン・フィル・ニューイヤーコンサート〉に運良く参加できた。指揮は、あの憧れのピアニスト、バレンボイムである。ＮＨＫテレビがご丁寧に全国放送したので、参加のわが長女多美とマユミン、親友の長谷川佳代さまが映っていたと、メッセージがたくさん日本から届いた。このことの実現には、ウィーン・フィルのヴァイオリン奏者、ヘーデンボルグ和樹氏に一方ならぬお世話になった。ありがたい。また二〇二一年十月には、我が娘婿のイチロウさんがモナコ・ピエール皇太子財団から委嘱を受けて、音楽評議員となり、二年目となる二〇二二年にはマユミンもちゃっかり同行した。

というわけで、わが母がいつもマユミンに歌ってくれた子守唄「♬モンテカルロの一夜」を二十一冊目の俳句エッセイのタイトルとしよう。

さて、マユミンが東京都民になった一昨年から準備を始め、五十余年もの永きにわたって親しんだ名古屋の、ほら貝の住居をたたむこととした。その家財道具の整理にあたって、格段の気働きと持ち前の才覚で、マユミンの書籍や思い出深いお琴などを的確な場所に納めてくれたのが、甥、加島研であった。妹のあかねと共に機敏に動く研の、我が家に綿々と伝わる技術の深さに感を深くした。彼にもその血脈が、根付いているのだ。

彼の現在の仕事の内容を聞いて、研の才能に驚いた。なんと、ロイヤルカナンという有名なプレミアム・ペットフードの、外袋に内容物を詰め込む機械を扱っている会社で、海外への機械の販売の際にその設置技術者として派遣されたり、すでに設置されている機械の不具合が出た時に、経験豊かな我が甥が重用されているというのである。

クライアントはロイヤルカナンだけではないが、ちょうどマユミンがモナコを訪れる話をしたら、「おばさん、僕もフランスのエマルグに行ったことがあるんよ。ロイヤルカナンの本社があるもんで」と言うではないか！　モナコとエマルグは、マルセイユを挟んで車で東に三時間半くらいらしい。そんなところに仕事に行くなんて、頼もしい！

父、純平の機知と必要に応じた工作や細工作りの才を研が受け継いでくれていることにとても喜びを感じるし、今回の名古屋のほら貝の自宅の家具や調度品、いわば私が好きで買い揃えた品々を、私自身の実家であり、現在の研の自宅で使ってくれるべく運び出してくれたことも、なんだかとても嬉しいことであった。

＊

二〇二二年十一月に日赤医療センターに緊急入院をして、持病を得たマユミンは、現在、〈孝女白菊たち〉が準備してくれた、素晴らしいケアマンション「ホスピタルメント青山」の一室で、一角獣のタピストリーやピカソのリトグラフ、そして私の絵や名古屋から持ち帰った懐かしい本やアルバムに囲まれて、申し分なく暮らしている。職員や看護師さんたちにとても親切にしていただいているし、親友石渡悦子さまや、孝女白菊三号を名乗ってくれる長谷川佳代さんも会いに来てくれたり、お食事に誘い出してくれたり、とても恵まれた環境にいることをひしひしと感じている。

ホノルルの美佐も、ニューヨークのサンドラも、緊急入院に驚いておばあちゃまの一大事と顔を見せにきてくれた。

九月には九十二歳を迎える二〇二三年の大寒一月二〇日に、暖かいケアマンションで、改めてすべての友人、家族が支えてくださっていることに感謝しながら、多美と春秋社の敏腕編集者の高梨さんに、最後の二十一冊目の俳句エッセイの校正をお任せして出版を待つことにしよう。序文を引き受けてくれた福田進一さんにも、ありがとうございました。

春秋社の神田明社長にも十九冊目、二十冊目とともに寛容にも出版を引き受けてくださったことを心から感謝したい。

マユミンこと二宮真弓

プロフィール

二宮真弓 Ninomiya Mayumi

昭和6（1931）年9月25日、岐阜県土岐郡笠原町神戸区3158番地に生まれる。父、加藤和夫（のち襲名して代吉、名古屋CA商業、早稲田大学を経て、祖父のはじめた輸出陶磁器製造・販売業に従事）。母、有本美代子（神戸市私立高女を出て神戸市葺合区より嫁ぐ）。

笠原第一小学校、岐阜県立多治見高等女学校へ入学・卒業。そのまま、多治見女子高等学校に移行。終戦後の学制改革により男女共学となる（岐阜県立多治見中学校、のちの多治見高等学校の男子生徒が、多治見市坂上町の高台にある、緑したたる多治見女子高へ婿入りした）。旧制高女時代のまるで眠ったような授業から、終戦後の生き生きとした男女平等主義にあふれた新しい教育を受け、新鮮な毎日の授業であった。男子生徒の大半が、地元の名古屋大学、岐阜大、三重大、京都大、そして慶応、早稲田などに入った。これに刺激された真弓は、母の猛反対を押し切って、玉川大学に辛うじて入学がかなう。

玉川大学英米文学科に属しつつ、小原國芳学長のご指導を受け、玉川大学出版部のアルバイトに従事。『玉川百科大辞典』全32巻の編集校訂の時期に当たり、監修顧問の先生方（小倉金之助、武者小路實篤、糸川英夫、朝倉文夫、長谷川如是閑、石井漠）と、どなたにも楽しいお仕事をさせていただいた。

昭和34年、陶磁器貿易業務にたずさわる二宮平と結婚。35年、長女・多美、37年、次女・美佐、誕生。多美はパリ国立高等音楽院、美佐はイギリス王立音楽院に留学。二人の様子を伺いかたがた、たびたびヨーロッパを訪ねた。

昭和56年から15年間、中部経済新聞、朝日新聞ABC倶楽部の月刊機関誌に寄稿。同時に「俳句エッセイ」を20点出版した。

九十一歳のエチュード

楽しかったモンテ・カルロの一夜

2023年４月10日　第１刷発行

著　　者：二宮真弓

発 行 者：神田　明

発 行 所：株式会社 春秋社

東京都千代田区外神田2-18-6

電話　営業部　03-3255-9611

　　　編集部　03-3255-9614

〒101-0021　振替　00180-6-24861

https://www.shunjusha.co.jp/

装　　画：勝部浩明

印 刷 所：株式会社 太平印刷社

製 本 所：ナショナル製本協同組合

定価はカバーに表示

ISBN 978-4-393-43662-2